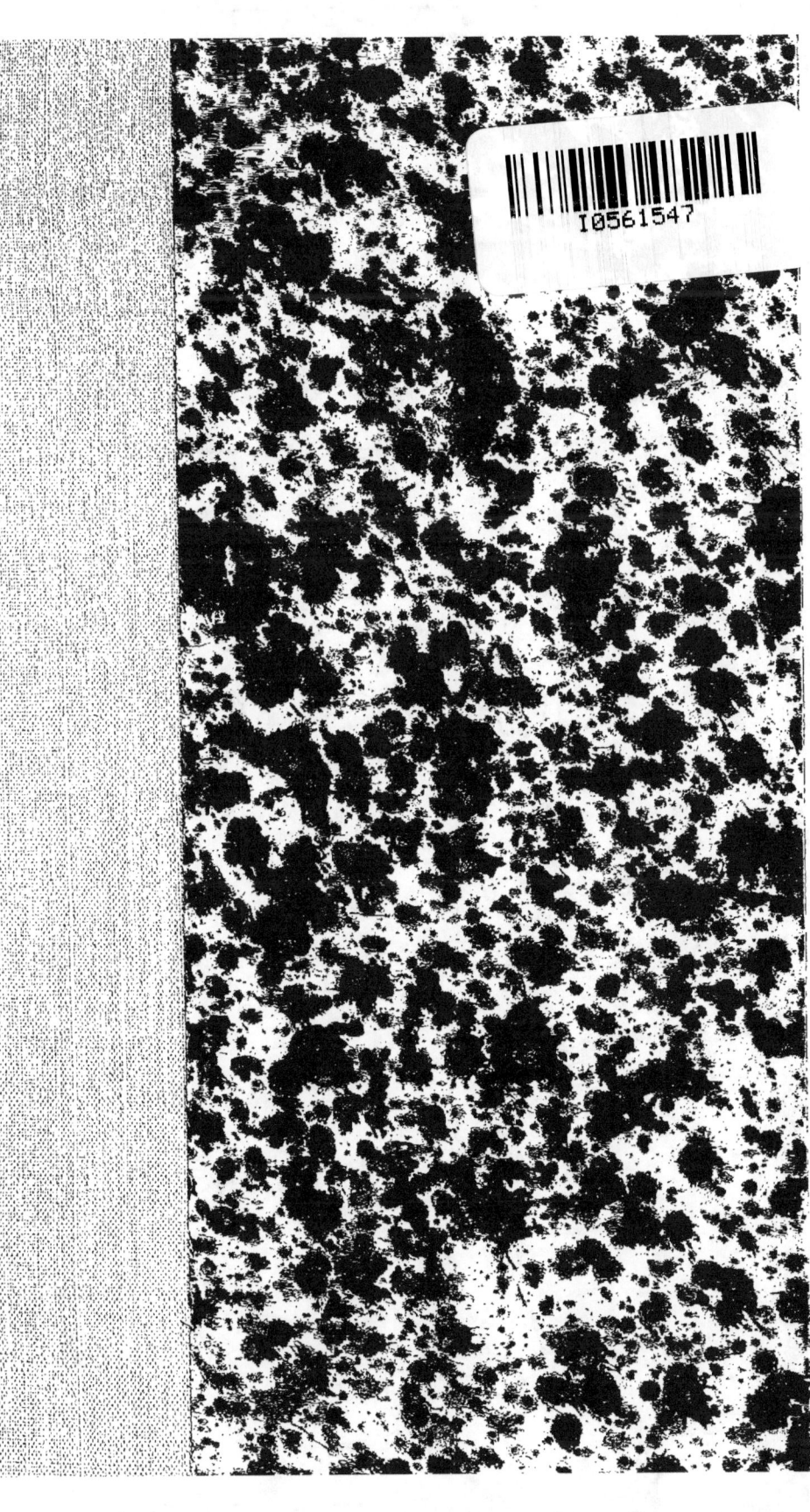

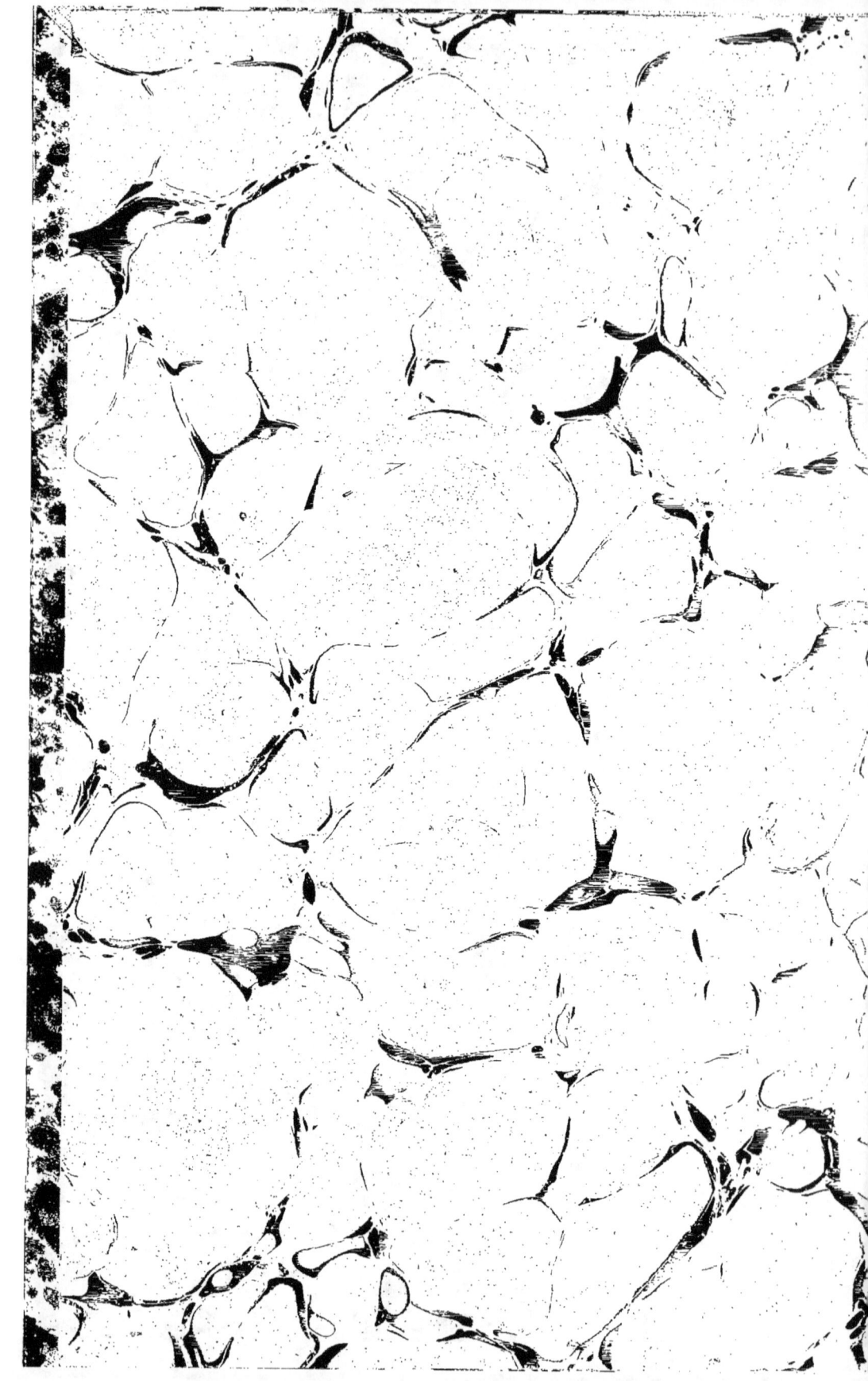

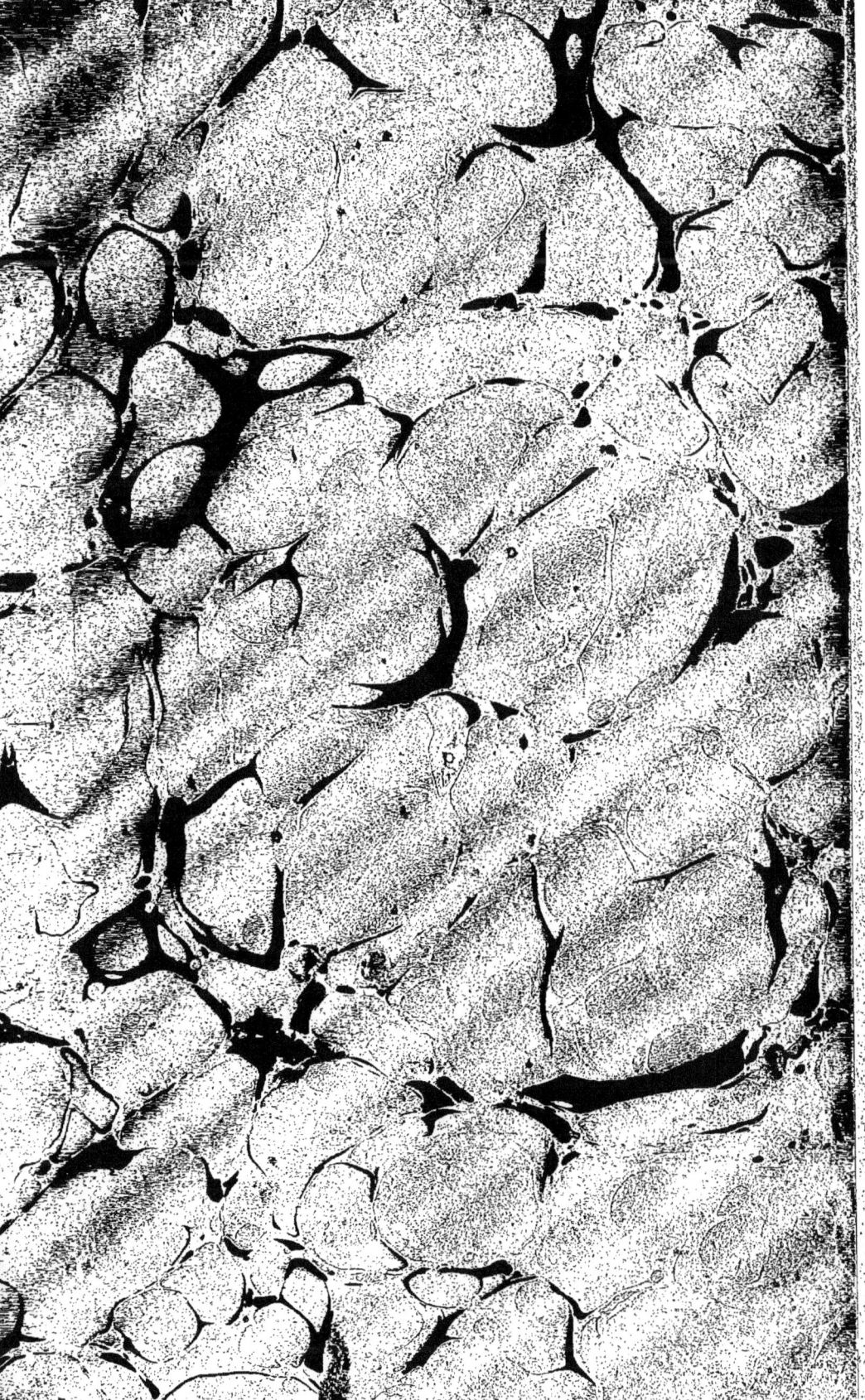

BIBLIOTHÈQUE
DES ÉCOLES ET DES FAMILLES

Mlle LOUISE MUSSAT

AUTREFOIS ET AUJOURD'HUI

PARIS
LIBRAIRIE HACHETTE ET Cie

AUTREFOIS

ET

AUJOURD'HUI

Imprimeries réunies, **B**, Puteaux

BIBLIOTHÈQUE

DES ÉCOLES ET DES FAMILLES

AUTREFOIS

ET

AUJOURD'HUI

PAR

MLLE LOUISE MUSSAT

PARIS

LIBRAIRIE HACHETTE ET CIE

79, BOULEVARD SAINT-GERMAIN, 79

1883

AUTREFOIS

ET

AUJOURD'HUI

LA GRANDE ALLÉE

Ce récit n'est qu'un souvenir d'enfant. J'avais alors une huitaine d'années, et, en quelques mots, voici mon portrait : point brave et cependant très aventureuse, c'est-à-dire que mon âme s'élançait en avant, tandis que mon corps frissonnant tirait en arrière.

Je me l'explique : l'âme se sentait indépendante des accidents de la terre, tandis que le corps, petit et frêle, craignait les chocs funestes à sa fragilité.

A cet âge, j'aimais déjà passionnément la campagne, mais je détestais les êtres qui la rendent redoutable : oies belliqueuses, dindons apoplectiques, vaches aux longues cornes pointues, chiens de berger hérissés et malveillants, etc...

L'oie surtout était ma bête noire.

Lorsque, tenant le haut du pavé de la principale rue du village, une troupe de ces sottes bêtes s'avançait en se prélassant, comme je me faisais petite ! Je me rangeais poliment le long des maisons, marchant dans le ruisseau plutôt que de les déranger. C'est incroyable quelle déférence elles m'inspiraient et combien je les détestais !

Quelles alertes, lorsque, allongeant leurs cous démesurés, battant des ailes, elles se précipitaient sur moi en poussant des cris de girouette mal graissée !

Mes cheveux se hérissaient, j'arrivais à la maison hors d'haleine et tout le monde se moquait de moi !

Je retournais souvent ce problème dans ma tête : « Pourquoi y a-t-il des oies à la campagne ? »

La campagne était si agréable, sauf ce fléau et les autres.

L'endroit que je préférais pour ma promenade était une large avenue de deux kilomètres au moins, bordée de grands arbres. On appelait simplement cette royale avenue « la grande allée ! »

Quelle délicieuse promenade ! A l'entrée, on traversait un petit pont de bois assez délabré, — et ordinairement aussi un maudit troupeau d'oies !

J'aimais, accoudée sur la rampe branlante et grossière, à écouter le clapotement de l'eau, assombrie en cet endroit par une rangée de saules.

A quelques pas, à droite du pont, s'élevait la maison d'école, neuve, propre, brillante, avec des enjolivements de brique rouge.

A gauche, la maison du maréchal ferrant ; le maréchal était noir, son apprenti aussi, la façade de la maison bistrée. Je m'expliquais mal le bruit étourdissant du marteau sur l'enclume. J'avais aperçu le gros soufflet de forge, les charbons luisant dans l'ombre : toutes ces choses ne me disaient rien de bon, et je passais à l'écart, appuyant plutôt du côté de l'avenante maison d'école.

La grande allée aboutissait à la base du mont Roger ; ce mont avait revêtu à mes yeux des proportions formidables depuis qu'on avait déclaré que j'étais trop petite pour en faire l'ascension.

A cette époque, on parlait d'organiser une grande battue dans la forêt du mont Roger.

Un berger prétendait avoir aperçu un sanglier jusque dans

ELLES SE PRÉCIPITAIENT SUR MOI EN POUSSANT DES CRIS.

la grande allée. Puis il y eut la légende d'un cultivateur paisible que le monstre avait décousu.

Ma mère me défendit expressément de me promener seule

dans la grande allée, ce qui joignit à son attrait naturel tout celui du fruit défendu.

Dès lors, un grand projet ne cessa de me trotter dans la tête.

Un dimanche matin, je déjeunai à la hâte, et je sortis de table la première.

J'avais mis en réserve un morceau de galette, que je glissai sournoisement dans ma poche, en compagnie d'un couteau épointé pour mon usage.

Après ces préparatifs, je dis bien haut que j'allais faire une visite à ma marraine : ce qui m'arrivait presque tous les jours.

Mais, au lieu de remonter le village, je le descendis, évitant les passants ; j'étais persuadée qu'ils liraient mon projet dans mes yeux.

J'avais résolu de me « perdre » tout un jour.

Je me dirigeai du côté de ma chère grande allée.

« Pourvu, pensais-je, que les oies ne soient pas là ! »

Elles étaient là, mais non point en gardiennes vigilantes. Dispersées aux alentours du petit pont, elles dormaient, leurs terribles ailes repliées.

Je m'avançai sur la pointe des pieds, retenant mon haleine et les yeux braqués sur le troupeau endormi.

J'étais engagée déjà sur le pont et je commençais à respirer, lorsqu'un cri strident retentit, et, comme si un fil électrique eût relié les oies entre elles, toutes furent debout au même instant, et toutes à ma poursuite. J'avais des ailes.

Je gagnais du terrain, mais une pierre me fit trébucher, et je m'étendis dans une flaque d'eau. Déjà le bataillon acharné était sur moi ; je me relevai, prompte comme l'éclair et, affolée, je continuai ma course.

Lorsque enfin je m'arrêtai et tournai les yeux vers le village, les oies avaient repassé le petit pont et s'étaient paisiblement recouchées.

Mais mon voyage avait mal commencé. Dès mon entrée dans l'Éden, j'avais souillé dans ma chute ma robe blanche ; de plus, j'avais une bosse au front.

Seulement j'avais résolu mon fameux problème.

« Les oies sont faites, me dis-je, pour garder la grande allée. »

C'était bien simple !

Ainsi philosophant sur ce sujet, j'arrivai au milieu de l'avenue.

Que c'était calme et que les rayons du soleil rayaient joliment le tapis de verdure tendu sous les arbres et brodé de pâles veilleuses !

J'étais sensible à tout cela.

De temps à autre, par une large baie ouverte dans la haie vive, on avait une échappée de vue sur les champs.

En me retournant vers le village, je voyais le château, qui se trouvait encadré dans l'arc dessiné par les premiers arbres de l'avenue au-dessus du petit pont.

Il me tenait compagnie, et je me retournais souvent pour le regarder ; c'était à présent un château en miniature : ce qui me paraissait bien singulier, car je n'avais aucune notion sur la perspective.

Cet étrange effet ne laissait pas que de me préoccuper et me faisait rêver aux derniers contes de fées que j'avais lus.

Si c'était un château enchanté !

Je n'eus pas le temps de creuser cette idée.

A ce moment, j'aperçus, assis sur le bord du fossé, à ma gauche, un berger et son chien. Mauvaise rencontre.

Le soir, lorsque je passais devant la poste aux chevaux pour aller chez ma marraine, ce berger criait dans l'ombre du hangar : « Ohé ! les bas blancs ! » désignant ainsi mes jambes à l'attention de son chien.

Le berger était-il jaloux de mes bas blancs, parce qu'il

avait les jambes nues? je ne puis m'expliquer autrement son hostilité.

Je pris à droite.

Un instant j'eus l'idée de revenir en arrière; mais les oies!

J'espérais passer inaperçue en me glissant derrière les arbres.

Lorsque je fus en face du berger et du chien, et dans une anxiété qui ne peut se décrire, le chien leva vivement la tête, et le berger regarda.

Dès qu'il m'aperçut :

« Ohé! les bas blancs! » cria-t-il.

Le chien n'attendait que ce signal, il s'élança vers moi, je détalai.

Je sentis sa gueule m'effleurer, il happa ma robe, qui céda sous ses dents pointues.

J'avais saisi fiévreusement mon morceau de galette; je le lui jetai sans me retourner.

Lorsque je fis halte de nouveau, on ne voyait plus ni chien ni berger. Un repli du terrain me dérobait le château.

Devant moi se dressait le mystérieux mont Roger, avec ses chênes antiques.

L'ascension était un peu rude, mais j'étais soutenue par l'espérance de voir là-haut de merveilleuses choses. Quoi? je n'en savais rien.

Là-haut, en effet, le panorama était beau.

On apercevait des villages groupés dans la vallée, des fermes éparses, des bois sombres; à l'horizon une ligne bleuâtre, légèrement accusée, dessinant les monts du Morvan. Et comme un petit miroir entouré d'un cadre magnifique, un réservoir du canal de Bourgogne, scintillant au milieu de son entourage de collines élevées.

De près, le mont Roger avait perdu son prestige.

On n'y trouvait que des choses ordinaires, tout ce qu'on ramasse dans les autres bois, de la mousse, des glands, des faînes, de petites coquilles.... Tandis que je me faisais cette énumération avec un profond dédain, une terrifiante apparition trottait sur le sentier en face de moi !

C'était une bête massive qui humait l'air en poussant de sourds grognements.

Je n'eus que le temps d'écarter les branches d'un massif de houx et d'épines-vinettes, et de m'y plonger.

Blottie au cœur de cette pelote d'épines, je restai pendant quelque temps anéantie.

Lorsque je revins à moi, je tenais mon couteau dans ma main crispée. C'était le premier mouvement que mon âme vaillante avait commandé à son tremblant serviteur.

J'étais dans une terrible anxiété, je n'osais sortir de mon réduit, et la nuit arrivait !

Je me représentais l'horrible bête aux aguets près du buisson, et j'étais bien résolue à ne pas le quitter. Il me semblait une forteresse imprenable.

Je m'arrangeai donc pour passer la nuit en m'enveloppant la tête de mon tablier; cette mesure de précaution avait le double avantage de me préserver du froid et de m'empêcher d'entendre les bruits de la forêt.

Ne pas entendre, c'est déjà un sujet de terreur de moins.

Puis tout s'effaça de ma mémoire, jusqu'au moment où, réveillée en sursaut, j'aperçus la cime des arbres éclairée par une lueur confuse. Des pas lourds battaient le fourré; on s'appelait, on se répondait, on prononçait mon nom.

« Mon enfant, ma fille, ma chère petite fille, où es-tu? disait la voix éplorée de ma mère.

— Ici, chère maman! » criai-je hors de moi.

Je fis un violent effort pour m'ouvrir un passage, et j'apparus hors de ma retraite, les mains en sang et la robe en guenilles, honteuse sans doute, mais le bonheur de revoir ma famille l'emportait sur tout autre sentiment.

Avec quelles délices je retrouvai mon petit lit blanc, et la bonne tête placide de ma poupée sur mon oreiller.

Je rapportai deux choses de cette excursion : d'abord la solution d'un problème : « que les oies sont faites pour garder la grande allée, » et ensuite la conviction intime que les petites filles ne sont pas destinées à tenter des expéditions aventureuses, mais qu'elles doivent se tenir à l'ombre des jupons maternels.

Quelques années après, en lisant l'histoire, je fus confirmée dans mon opinion que les oies sont des gardiennes vigilantes.

LA PREMIÈRE GIROUETTE BOURGEOISE

Ceci tient par certains côtés à l'histoire, et par d'autres à la légende ; il y a très certainement un vieux fond de vérité.

Chacun des conteurs par la bouche desquels ce récit a passé, n'a pu s'empêcher d'y ajouter quelque nouvelle broderie, tout en négligeant les dates. Et d'abord, on ignore sous quel roi ces faits se sont passés, de sorte que cette toute petite page historique a perdu la précision, l'air de vérité qui caractérisent l'histoire.

Dans ce temps-là toutes les girouettes étaient titrées et n'habitaient que des toits nobles ; c'étaient comme des hérauts chargés d'annoncer au loin la noblesse de la maison.

Alors vivait dans la ville de Beauvais un vieil *imagier*, célèbre par ses enluminures. Il possédait quelques écus qui dormaient dans une cassette ; car dans ce temps-là on ne plaçait point son argent chez les Turcs ni ailleurs.

Maître l'Oye n'avait rien d'un avare : aussi n'éprouvait-il aucune satisfaction à regarder dormir ses écus ; il ne songeait qu'à les dépenser, mais la chose lui semblait assez difficile. Il est vrai que l'imagier avait l'esprit mal fait : il ne désirait que les objets exclusivement réservés à la noblesse. C'est ainsi que l'image d'une girouette lui traversa l'esprit. Encore si cette intrigante n'avait fait que le traverser ; mais elle s'y grava profondément, et si jolie, si coquette, si éveillée ! Il en rêvait nuit et jour.

Qui jetterait la pierre à ce pauvre bonhomme? C'est une faiblesse bien humaine, et que les temps n'ont point changée, que ce désir de posséder les objets hors de notre atteinte, tandis que mille autres, tout aussi agréables, se trouvent sous notre main.

Malheureusement pour l'imagier, le seigneur de la contrée se montrait fort jaloux de ses plus petits privilèges; il n'aurait jamais consenti à voir tourner une girouette sur un autre toit que le sien.

Il n'avait peut-être pas regardé sa girouette deux fois dans sa vie; il fallait se tordre le cou pour la voir, elle demeurait si haut! C'était une fort grande dame, possédant de nombreux quartiers de noblesse, et plus raide peut-être que ne le comportaient ses fonctions.

Pouvoir consulter « sa girouette » à tout instant du jour, voilà ce que l'imagier considérait comme le comble de la félicité. Pour obtenir un semblable privilège, il aurait donné ce qu'il avait de plus précieux.

Jamais encore il n'avait voulu se séparer d'un missel, ouvrage de toute sa vie, et véritable œuvre d'art. On y voyait la Vierge et les saints, les prophètes et les apôtres, toutes sortes de figures étranges d'hommes et d'animaux, créations d'une bizarre et riche imagination. Ce missel était si gros, qu'une main de femme n'aurait pu le porter.

L'imagier avait un cousin bien en cour, c'est-à-dire que ledit cousin avait une cousine qui était nièce de la suivante de la troisième dame d'atours de la reine. En suivant cette filière, maître l'Oye parvint à faire présenter son missel à la reine. Elle fut émerveillée de ce chef-d'œuvre. Le missel avait autant de pages que l'année de jours; elle en mit trois cent soixante-cinq à tourner les feuillets, car on ne pouvait s'arrêter moins d'un jour à chaque page.

Pendant ce temps, maître l'Oye, toujours épris de son idéale girouette, tâchait de prendre patience.

Lorsque la reine eut tourné le trois cent soixante-cinquième feuillet, elle déclara net au roi qu'il fallait à tout prix acqué-rir ce trésor, et qu'elle ne consentirait jamais à le voir passer en d'autres mains. La cassette royale, dans ce moment-là, se trouvait à sec. Uniquement pour ne pas désobliger ouver-tement la reine, le roi fit demander le prix de son missel à l'imagier, sûr d'avance qu'il lui serait impossible d'acquérir un semblable chef-d'œuvre.

Celui-ci répondit que son missel ne saurait être entre de plus belles mains que celles de la reine de France, et qu'il la priait humblement de l'accepter comme l'hommage de son serviteur le plus dévoué ; l'adroit imagier ne réclamait rien de plus que cet honneur, si ce n'est qu'il sollicitait du roi la permission de faire poser une girouette sur le toit de sa maison.

Le monarque ne vit point toute la portée d'une semblable demande ; il accorda le privilège. En somme, l'imagier lui avait presque sauvé la vie ; il est toujours très dur de ne pouvoir satisfaire les caprices d'une belle reine.

Un beau matin, on vit tourner sur le toit de l'imagier une audacieuse girouette. C'étaient des armes parlantes : une oie, les ailes déployées, avec un air de défi peu convenable pour une girouette de cette condition.

Lorsque le baron apprit cette nouvelle, il entra dans une grande fureur et parla de réduire le coupable en poudre. Maître l'Oye, amené devant lui, exhiba tranquillement ses parchemins, et la vue du sceau royal fit immédiatement cour-ber le front hautain du seigneur.

Ne pouvant aller contre la volonté du roi, du moins il voulut lui remontrer, aussi respectueusement que possible, qu'il avait commis une faute. Mais comme il ne savait ni lire ni écrire, et que l'imagier était l'unique savant de l'endroit, il se vit forcé de le prendre pour secrétaire.

Quelque temps après, le baron, voulant contempler le bourg

couché au pied du château, crut avoir le vertige. Était-ce bien là ce bourg paisible, autrefois d'un aspect assez morne ?

Sur la plupart des toits se trémoussaient des girouettes, lestes comme des danseuses, et scintillantes et babillardes ! Le vent, ce jour-là, changeait de direction vingt fois en une minute comme pour donner plus souvent aux girouettes l'occasion de narguer le baron abasourdi. Le bourg semblait pris d'une gaieté folle.

Quelques-unes de ces girouettes rappelaient le nom ou la profession de leur propriétaire. Sur la maison du forgeron, on voyait un petit bonhomme prêt à frapper sur une enclume ; le rôtisseur avait une broche, le tonnelier un tonneau.....

Toutes ces girouettes, aussi bien que celle de maître l'Oye, étaient pourvues de parchémins.

L'imagier, au lieu d'écrire des remontrances au roi, l'avait supplié au nom du baron, d'accorder à tous les habitants du bourg le même privilège qu'à lui.

Grâce à ce privilège, ce bourg fut pendant de nombreuses années un des plus gais de France.

Lorsque toutes ces girouettes furent posées, on s'aperçut que la girouette seigneuriale était immobile. La grande dame, alourdie par ses atours, et peut-être aussi par l'âge, n'avait pas bougé depuis des années ! Comme le sommeil de cette douairière avait en somme causé peu de mal, on le lui pardonna facilement.

Le temps efface le souvenir de bien des rancunes, et renverse bien des barrières.

Est-ce qu'on ne prétend pas aujourd'hui qu'un descendant du baron va épouser une descendante de l'imagier pour redorer l'antique girouette !

L'ÉCLAIRAGE D'AUTREFOIS

Nos pères étaient fort mal éclairés. Pauvres aïeux! Cela nous fait pitié, à bon droit, à nous qui sommes nés dans un siècle de lumière. Aussi sommes-nous portés à traiter avec un dédain protecteur ces bonnes gens arriérés, qui nous ont précédés sur le grand chemin de la vie, et qui ne connaissaient ni les lampes à l'huile ni le gaz, et encore moins la lumière électrique.

Paris, le brillant Paris, plus magnifique le soir qu'à la lumière du soleil, avec ses cordons de becs de gaz dessinant le réseau touffu de ses grandes et petites voies, avec son beau fleuve qui le traverse si heureusement et s'égaye, à la nuit, des lanternes aux couleurs variées, qui filent dans l'ombre, emportées par les bateaux; ce Paris féerique, diabolique, avec ses innombrables magasins, dont les réflecteurs doublent l'éclat des pierres précieuses, des cristaux, des soieries, et font voir à l'étalage dentelles, étoffes somptueuses, mille et une charmantes fantaisies plus belles qu'en plein jour, ce Paris-là ne ressemble guère à l'ancien! Partout la lumière vous éblouit, qu'on se promène aux Champs-Élysées, ou sur les grands boulevards, ou mieux encore dans l'avenue de l'Opéra.

Où s'étend cette large avenue si merveilleusement éclairée et si bien bâtie, furent pourtant des rues affreuses, étroites, nauséabondes, un coin de ce vieux Paris, noir comme un four dès la nuit close, car on n'a pas toujours connu les simples réverbères, déjà fort précieux pour les honnêtes gens.

Pendant longtemps on ne s'inquiéta point de l'éclairage public. Au seizième siècle seulement commencent les premiers essais. On prescrivit alors aux bourgeois de placer une lanterne allumée au premier étage de leurs maisons. Quelques années après cette première ordonnance, des falots, qui devaient brûler depuis dix heures du soir jusqu'à quatre heures du matin, furent placés au coin de chaque rue; si la rue était longue, on mettait aussi un falot au milieu. Voilà comment s'éclairait une grande ville, lorsque l'on commença à s'inquiéter d'en dissiper un peu les ténèbres, trop favorables aux malfaiteurs. On se-figure combien ce mince éclairage devait être insuffisant; c'était juste de quoi ne pas être tout à fait dans l'ombre. Et puis, il me semble que, dans ce temps-là comme de nos jours, la nuit devait venir avant dix heures du soir.

N'importe, cet essai, quelque imparfait qu'il fût, était honorable; il prouvait la volonté, le désir, de ne pas rester stationnaire, et nous devons en savoir gré à nos aïeux. Le falot fut comme le premier jalon planté dans cette voie de l'éclairage, qui s'arrêtera on ne sait où. Nos descendants peut-être nous prendront en pitié, et nous trouveront bien peu pratiques avec nos milliers de becs de gaz, et notre armée d'allumeurs courant de candélabre en candélabre, à la nuit tombante. Ils auront un soleil artificiel, et, de ce point unique, la lumière se répandra sur une ville tout entière. Mais je reviens aux falots. Bientôt on leur substitua des lanternes. Cette tentative eut très peu de succès. Au dix-septième siècle on organisa dans Paris, la grande ville toujours privilégiée, un corps de porte-lanternes et de porte-flambeaux. Ces porte-lanternes étaient distribués dans les différents quartiers de Paris. Plus tard, on remplaça ce mode d'éclairage par des lanternes publiques; on ne les allumait que dans la mauvaise saison, du mois de septembre au mois d'avril. On appliqua ce nouvel éclairage aux principales villes de France.

Au seizième siècle, les pâtissiers éclairaient leurs boutiques d'une façon originale, avec des lanternes transparentes, couvertes de figures étranges et amusantes, des oisons bridés, des éléphants, des personnages grotesques, courant les uns après les autres, qui faisaient l'émerveillement des marmots.

En 1745, les premiers réverbères apparurent, et remplacèrent les lanternes dans quelques rues de Paris. Ces grosses machines, qui se balançaient à tous les vents, comme des pendus à une potence, rendirent de grands services. Ce fut un progrès.

En 1818, on s'occupa de l'éclairage par le gaz ; nos voisins les Anglais nous avaient devancés. On établit la première usine à Paris ; peu à peu les établissements se multiplièrent ; mais ce n'est guère que vers 1850 que certaines petites villes imitèrent la capitale ; encore beaucoup d'autres restèrent privées du gaz plus longtemps.

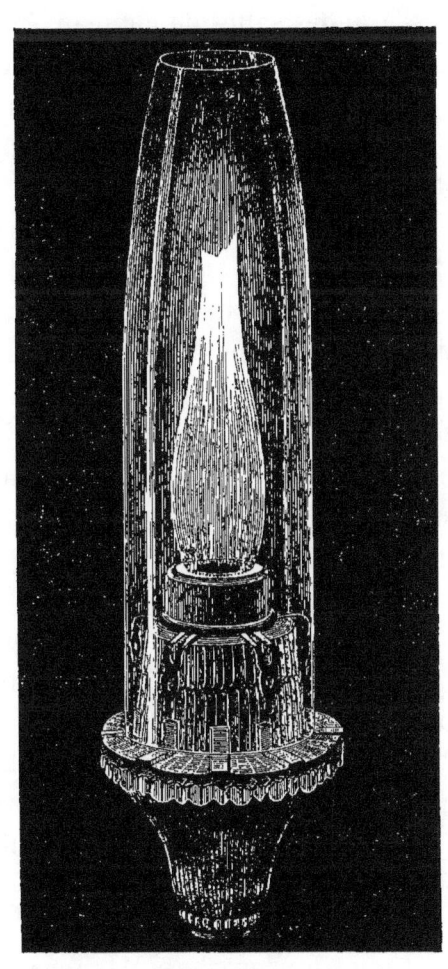

BEC DE GAZ D'APPARTEMENT.

Passons maintenant à l'éclairage domestique chez nos pères. Il me paraît intéressant, comme tout ce qui tient à la vie intime de l'homme, à la vie de famille, enfin au *chez-soi*, mot très doux, mais un peu moderne pour notre sujet.

Primitivement, l'intérieur des maisons les plus riches était éclairé par des torches et des flambeaux de cire. On se figure ces grandes salles de château, éclairées par des torches, ces guerriers bardés de fer, ces hommes d'armes aux pas lourds et ces châtelaines silencieuses, qui filent sagement. Rien que l'idée de ce tableau vous donne froid dans n'importe quelle saison.

Philippe le Bel ne permit l'usage de la cire qu'aux gens élevés en dignité, et encore ces élus étaient-ils en petit nombre.

L'usage de la chandelle remonte loin, puisque en 1061 il y avait, à Paris, une corporation de *chandeliers.* On s'est servi de ce vulgaire éclairage même dans les châteaux. L'imagination se représente plus volontiers la chambre d'une belle châtelaine, éclairée par un élégant lampadaire, se balançant à la voûte, qu'empestée par une chandelle. Le lampadaire était un meuble recherché, garni de godets remplis d'huile, ou d'une couronne de flambeaux.

On a fait grand cas de la chandelle, si méprisée aujourd'hui; les nombreux proverbes auxquels elle a donné lieu en sont la meilleure preuve :

« S'éteindre comme une chandelle, » s'en aller de vieillesse, insensiblement.

« Devoir une belle chandelle à Dieu, » être échappé miraculeusement à un danger.

« Donner une chandelle à Dieu et l'autre au diable, » est identique au proverbe : Ménager la chèvre et le chou.

« Économie de bouts de chandelle, » économie minutieuse et sans profit.

« La chandelle brûle, » image poétique du temps qui passe.

« Se brûler à la chandelle, » courir étourdiment vers un péril, comme le papillon vers la lumière.

« Brûler la chandelle par les deux bouts; » ceci, c'est le comble de la prodigalité.

« Le jeu n'en vaut pas la chandelle, » affaire qui coûte plus de peine qu'elle ne rapporte de profit.

On continue à se servir de ces proverbes, comme si la chandelle n'était pas tombée en désuétude. Autrefois les poètes flatteurs comparaient les yeux brillants des dames à des chandelles. De nos jours, après avoir reçu quelque coup violent, on voit encore mille chandelles.

Au quinzième siècle, les chandelles de cire commencèrent à porter le nom de *bougies*. Mais cet éclairage luxueux ne convenait qu'aux grands seigneurs ; le commun des mortels devait se contenter d'une chandelle de suif, en dépit souvent de goûts délicats. Cependant la veuve de Scarron, qui fut pauvre et très pauvre, avant d'être madame de Maintenon, se servait de bougie. C'était, pour sa situation, une grande recherche d'élégance.

Quinquet, en 1785, inventa le… quinquet, le quinquet fumeux, nauséabond, qui est resté aux saltimbanques, après avoir éclairé des établissements scolaires, des restaurants, etc…

Carcel fut l'inventeur de la *lampe*, qui a reçu depuis de nombreux perfectionnements.

Il n'y a pas déjà si longtemps, une cinquantaine d'années, même moins, qu'au lieu de passer les soirées autour d'une bonne lampe à coquet abat-jour, ce qui pour nous a tant de charme, on les passait autour d'une chandelle. On régalait ses invités d'un pot de pommes de terre bouillies, et tout le monde était content. Si l'on en croit les gais récits de nos grands-pères, on s'amusait mieux de leur temps que du nôtre ; il fallait moins de falbalas, de fines pâtisseries et de musique ; on dansait en chantant. Nous avons plus de bien-être apparent ; ils avaient l'esprit moins tendu, la préoccupation du lendemain moins fiévreuse, plus de franche gaieté. La vie, plus simple et plus facile, laissait naturellement l'esprit plus libre.

La vulgaire chandelle donnait lieu à de charmantes scènes

d'intérieur. « Moucher la chandelle » était un talent de société assez recherché. Les jeunes filles s'y essayaient dans le cercle bienveillant de la famille avant de s'y risquer devant les étrangers. Lorsqu'on vous priait de moucher la chandelle, c'est que vous inspiriez assurément de la confiance. Quelquefois la maîtresse de la maison s'adressait de préférence à une jeune fille ou à un jeune homme pour les faire valoir. « Mademoiselle ou monsieur, disait-elle gracieusement, vous qui êtes près de la chandelle, ayez donc l'obligeance de la moucher. »

La jeune fille, rouge d'émotion, mettait une telle délicatesse dans cette opération, qu'elle était obligée de s'y reprendre à plusieurs fois ; sa maladresse augmentait son embarras ; sa main tremblait, son cœur battait, ses oreilles tintaient, parce qu'elle sentait tous les yeux fixés sur elle, et elle finissait par voir mille chandelles au lieu d'une ! Le jeune homme, lui, beaucoup plus hardi, afin de ne pas manquer *son coup*, prenait la mèche trop bas, et plongeait souvent toute la société dans les ténèbres. La maîtresse de la maison était vexée, les joueurs d'échecs maugréaient, car ce sont des gens très grincheux, les jeunes filles riaient en sourdine, et les plaisants en profitaient pour faire quelques bons tours dans l'ombre.

La chandelle avait de jolis accessoires : une paire de mouchettes pour sa toilette particulière. Grand choix de mouchettes : grosses pour la cuisine ; élégantes, fines, enjolivées pour le salon, dignes des jolies mains féminines. Il y avait l'éteignoir en forme de bonnet de coton, lourd et grossier pour la cuisine ; léger, coquet, effilé pour le salon, enfin un bonnet de coton de bonne compagnie. Quelquefois on avait l'agrément d'une devise, *bonsoir* ou *bonne nuit*, cela était du dernier galant. Les mouchettes et l'éteignoir étaient placés sur un petit plateau de forme allongée.

On brodait, on lisait, on écrivait, on jouait dans ce temps-là, autour de la chandelle, aussi bien que de nos jours près

de la meilleure lampe ou du bec de gaz le plus perfectionné.
On a peine à le croire, n'est-ce pas?

Nos grands hommes, qui furent très mal éclairés, écrivi-
rent sans doute quelques-unes de leurs pages immortelles,
comme on n'en écrit plus, à la clarté d'une misérable chandelle.

Les uns trouvent que tout est mauvais dans le vieux temps,
et regardent avec dédain les arts et les hommes du passé.

Les autres, exagérant dans un autre sens, anathématisent
leur siècle, exhalent leur bile contre les inventions modernes,
et voudraient revenir au temps jadis.

Ni les uns ni les autres ne sont dans le vrai.

Voici, je crois, l'avis de tous les gens raisonnables, qui se
placent entre ces deux extrêmes :

Prendre à chaque époque ce qu'elle a de bien, son architecture, ses arts, ses grands hommes, et lui laisser ses coutumes
barbares, ses abus, ses privilèges, ses falots et ses lanternes.

UN PETIT POSTILLON

La plus belle diligence qu'il fût possible de voir trotter, galoper, se dandiner sur une route départementale, était assurément celle que conduisait autrefois Michel Carillon, le petit père Carillon, comme on l'appelait dans le pays, où sa limousine grise à rayures noires et sa casquette de poil de loutre étaient devenues aussi légendaires qu'un certain petit chapeau et une certaine redingote dans le monde entier.

Michel Carillon était haut comme une botte; il ne faut pas prendre, bien entendu, cette comparaison tout à fait à la lettre : c'est seulement pour faire comprendre quelle était l'exiguïté de sa taille. Avec l'âge, il avait acquis un respectable embonpoint; mais en commençant sa carrière, il était extrêmement menu. Ce petit homme avait un poignet de fer et un admirable sang-froid; il était digne, impassible, et croyait bien que rien n'est plus difficile à gouverner que les chevaux. Le froid, le chaud, le soleil ardent, la neige, le vent âpre, la pluie glacée, rien ne semblait le toucher; les variations de la température n'avaient d'effet que sur son visage, qui parcourait les divers tons, du rose tendre au violet foncé.

C'était un homme sobre, ne buvant guère, dans le parcours de la diligence, c'est-à-dire d'Autun à Château-Chinon, qu'un grand verre de vin à l'unique relais; ce n'est rien pour un postillon.

Michel se vantait de connaître la route aussi bien que sa poche ; la moindre bosse de terrain lui était familière. Jamais son regard ne s'égarait au loin, ni à gauche, ni à droite. Ses yeux se reposaient toujours, soit sur le chemin, soit sur la croupe de ses chevaux ou l'arête de leur échine. Il ne savait pas combien la route, qu'il parcourait depuis tant d'années, était belle et causait d'admiration aux voyageurs. Il n'avait jamais vu les lointains bleuâtres, le luxe de verdure qu'étalaient les forêts, l'humide fraîcheur des prés, la limpidité des eaux, les effets de brume et de soleil. Il ne s'apercevait pas qu'au printemps les haies fleurissent, que les pâquerettes s'éparpillent sur les talus, que tout est frais, nouveau, et que Dieu semble, à ce moment de l'année, ouvrir toutes grandes ses mains sur le monde pour y répandre des merveilles. Il ne s'apercevait pas qu'en été les blés jaunissent, que les digitales ouvrent au bord de la route leurs belles fleurs mouchetées ; qu'en automne les arbres prennent des teintes rousses, mélancoliques sous le jour gris, chaudes sous le soleil ; qu'en hiver les bois ont des splendeurs féeriques, que chaque arbre, moulé dans le givre, devient un lustre de cristal, d'où partent mille étincelles, et où se jouent les brillantes couleurs du prisme. Non, il ne voyait rien de tout cela.

Son esprit, tout son être, était attaché aux pas de ses chevaux.

Si le postillon était petit, la diligence était énorme, et c'est prodigieux la quantité de voyageurs et de bagages qui s'engouffraient dans cette machine. Un beau modèle de diligence, digne d'être conservé dans un musée, si jamais ce genre de véhicule vient à disparaître complètement de la surface du globe ! Du temps du père Carillon, la diligence faisait dans les villes et les villages une entrée vraiment triomphale. Quel tapage ! Les clics-clacs de son fouet déchiraient l'air ; le conducteur sonnait de la trompe à pleins poumons ; les roquets s'élançaient aux jambes des chevaux, qui, excités par la bruyante fanfare du conducteur, les sifflements du fouet, les aboiements des chiens, auxquels se joignaient les cris des enfants, brûlaient le pavé jusqu'à la maison de poste ; des étincelles jaillissaient sous leurs sabots luisants et sous les roues.

Ah ! les beaux jours pour le père Carillon ! le roi n'était pas son maître !

Pendant près de soixante années il vécut ainsi, sans qu'il lui vînt jamais à la pensée qu'il pourrait descendre un jour de son siège et déposer son fouet ; qu'enfin on le trouverait trop vieux et la diligence trop lourde, et qu'on les mettrait, d'un seul coup, tous les deux à la réforme. Trop vieux ! Est-ce que ses chevaux se permettaient de broncher, et ne descendaient pas les plus rudes côtes soutenus par son poignet de fer.

Le père Carillon avait un grand tort, celui de se vanter de son âge. N'ayant jamais étudié la nature humaine, il ignorait que la vieillesse est un grave défaut aux yeux de la plupart des hommes, et lorsque le propriétaire de la diligence lui disait : « Vous ne changez pas, père Carillon, » ou bien : « Comme vous êtes vert, père Carillon ! » il ne manquait pas de répondre d'un air glorieux : « J'ai tout de même mes quatre-vingts ans sonnés, monsieur. » Si bien qu'à la fin ce propriétaire se dit : « Ce bonhomme est trop vieux pour conduire une diligence, il arrivera quelque accident, » et il le mit à la retraite. En même temps, il changea la vieille diligence pour une voiture plus moderne, plus légère, plus petite, suffisant au nombre de voyageurs considérablement restreint depuis l'établissement des chemins de fer. La vieille carcasse de la diligence, dépouillée de sa bâche, resta exposée à toutes les intempéries des saisons, dans la grande cour de la maison de poste.

Quant au père Carillon, il loua une maisonnette aux portes de la ville, sur la route qu'il avait parcourue tant de

fois. Là, assis dans la belle saison sur le seuil de sa porte, en
hiver près de sa fenêtre, il pouvait voir passer la nouvelle
diligence et critiquer le nouveau postillon.

« Comme ça tient les guides mollement ! disait-il avec
dédain. Ah ! quelle pitié ! »

Souvent on lui voyait faire le geste de claquer du fouet,
et il murmurait des paroles d'encouragement à des chevaux
imaginaires.

Si quelque curieux, en quête d'une figure bonne à peindre
dans un livre, s'approchait de lui pour tâcher d'en tirer une
histoire, voici ce que le père Carillon lui racontait :

« Lorsque je devins postillon de la diligence, — je ne parle
pas de la nouvelle, mais de l'ancienne, — j'avais un peu plus
de vingt ans. J'étais garçon de ferme, et je montais sans
selle ni bride les chevaux les plus endiablés. J'appris qu'on
cherchait quelqu'un pour conduire une diligence d'Autun à
Château-Chinon, et je me dis comme ça : « Voilà ce qu'il te
« faut, mon garçon. » Et j'allai me présenter au maître de
poste. Si vous l'aviez vu, monsieur, me toiser du haut en
bas, et puis me rire au nez, et puis me crier: « Ah ! ah ! ah !
ce petit homme qui veut conduire ma diligence, une diligence pareille ! » Tous les valets de la poste riaient autour de
nous. J'étais bien un peu rouge ; mais enfin je ne perdis pas
courage, et je lui proposai d'atteler à la diligence quatre
chevaux enragés, me faisant fort de la conduire sans accident à Château-Chinon.

« Il riait toujours ; enfin il s'arrêta pour me dire : « C'est
ça, faisons un pari. Si tu arrives, sans verser ni écraser personne, dans la cour de la poste, à Château-Chinon, je te promets que tu conduiras la diligence tant que tu vivras. J'ai
justement les quatre chevaux enragés qu'il te faut pour faire
tes preuves : la grande jument grise a déjà tué deux hommes ;
la rousse a enlevé d'un coup de dent la moitié d'une oreille à
mon fils ; un troisième cheval a envoyé un coup de pied en

pleine poitrine à l'un de mes valets ; enfin le quatrième n'a commis aucun crime encore, parce qu'on se tient à distance de ses talons. Ça te va ?

— Ça me va.

— C'est bien. Seulement, comme je t'ai promis que tu conduirais la voiture, si tu réussis ; il est juste que tu me donnes quelque chose, si tu ne réussis pas ?

— Je n'ai rien.

— Il y a toujours moyen de s'entendre. Mes valets se chargeront de t'administrer une correction à leur choix. Ça te convient-il encore ?

— Ça me convient. »

« Les valets disaient entre eux : « Il est fou ! »

» Le lendemain, on attela, non sans peine, les quatre chevaux enragés à la diligence. On ne prit pas de voyageurs, bien entendu. Seulement, un garçon de la poste partit avec moi, pour savoir comment je ferais le voyage. Je grimpai sur le siège, et à peine avais-je fait claquer mon fouet, que la diligence passait comme un trait sous la porte charretière. On crut qu'en tournant nous serions brisés ; mais non, les chevaux avaient déjà senti leur maître. Voyez-vous, monsieur, j'ai quelque chose dans le poignet, de l'acier ou du fer, je ne sais pas lequel des deux. J'avais mal choisi mon jour pour tenir mon pari, c'était grand marché à Autun. A peine hors de la ville, je me trouvai dans des troupeaux de bétail, des files de gens et de charrettes : la route en était couverte. A chaque instant, c'étaient des bœufs qui se mettaient en travers de notre chemin, des oies qui couraient devant les chevaux, des gens qui levaient les bras en l'air, en criant que nous allions écraser leurs bêtes. C'était un bruit, un mouvement à vous faire perdre la tête, et j'avais besoin de conserver la mienne. Nous volions au milieu d'un nuage de poussière, évitant tous les obstacles. J'arrivai sans accident à Château-Chinon. Mes chevaux n'avaient pas un poil de sec sur le corps, ils écumaient; moi-même, j'étais en nage. Mon compagnon de route était pâle comme la mort. « Ah! mon garçon, me dit-il, tu as bien gagné ton pari! Et je vis qu'il n'aimerait pas à recommencer un pareil voyage. Comme c'était convenu, je devins postillon de la diligence, et je pensais finir mes jours en la conduisant; mais on m'a trouvé trop vieux, monsieur; on a mis à ma place un jeune postillon. Il a déjà écrasé deux personnes, une vieille femme et un enfant, sans compter le cochon à la mère Mathieu, sauf votre respect, et une couple d'oies. Il a versé au moins deux fois, et nous sommes dans la belle saison! Je l'attends, cet hiver, aux mauvaises côtes, par la neige et la glace! »

Et le petit père Carillon se frottait les mains.

Ce changement de vie lui avait donné un fier coup; il ne fit plus que languir. On vit alors qu'il était très vieux; il grelottait au soleil et bégayait en parlant. Si le médecin l'engageait à marcher un peu :

« Je ne sais pas marcher, j'ai toujours été en voiture, » répliquait fièrement le bonhomme.

Et il s'entêtait à ne pas dépasser le seuil de sa maison.

L'hiver arriva rude et neigeux.

Le père Carillon pensait, un soir, au coin de son feu, aux mauvaises côtes, où les chevaux ont tant de peine à se tenir. Quelqu'un qui frappait à sa porte le tira de sa rêverie. C'était un garçon du maître de poste.

« Quel temps, dit-il en entrant, quel temps pour les chevaux! Ah! le nouveau postillon n'est guère à son aise, il ne veut pas partir, et tout le monde dit que vous seul, père Carillon, vous pourriez conduire, ce soir, la diligence.

— On dit cela? » fit le père Carillon, dont les yeux brillèrent d'orgueil.

Il se leva, prit en silence sa limousine grise à rayures noires, s'en enveloppa, enfonça sa casquette de peau de loutre sur ses oreilles, mit ses gros gants de peau et dit au garçon :

« Marche devant, je te suis. »

Il faisait un froid de loup. La neige tombait en petits flo-
cons menus, mais serrés.

Dans la cuisine de la poste, il y avait un bon feu. Les valets
et les servantes soupaient autour de la grande table, et le
maître de la maison se grillait les jambes devant la cheminée.

« Ah! voici ce brave père Carillon, cria-t-il en le voyant entrer. Comme il est toujours vigoureux, ce diable de petit père
Carillon! »

Mais le diable de petit père Carillon, sans s'émouvoir de
cet accueil, répondit d'un ton sec : « Je conduirai ce soir la
diligence, mais je veux que ce soit l'*ancienne*. Elle est là, dans
un coin de la cour; qu'on boucle la bâche sur son dos, puis
qu'on attelle quatre chevaux ferrés à glace; je réponds du
voyage. »

Une demi-heure après, le père Carillon, qui avait rajeuni
de vingt ans, grimpait, comme un chat, à son poste. Le conducteur, avec son sac de dépêches, prit place derrière lui
sur l'impériale. Trois voyageurs occupaient le coupé. La diligence se mit à rouler prudemment. Les chevaux tiraient avec
peine, en se cramponnant au sol.

Il semblait au père Carillon qu'on lui posait un morceau de
glace sur le bout du nez. Par moments sa tête oscillait à
droite, à gauche, ou son menton touchait sa poitrine.

« Père Carillon, père Carillon, criait le conducteur, il me
semble que vous dormez ? »

Le père Carillon se réveilla.

« Ah! fit-il, je faisais un mauvais rêve! On m'avait mis à la
retraite; je marchais dans la neige, sur la route, et une nouvelle diligence, conduite par un nouveau postillon, roulait
derrière moi, et je ne pouvais me détourner. »

Un peu plus loin :

« Père Carillon, il me semble que vous dormez encore ?
Attention! voici la mauvaise côte. »

Il était trop tard. Les chevaux, abandonnés à eux-mêmes, glissèrent sur la pente, et vinrent s'abattre au bas de la côte. La diligence se renversa sur le flanc et s'ouvrit avec des craquements sinistres, comme un navire qui sombre.

Le conducteur, les trois voyageurs du coupé en furent quittes pour la peur, et pour passer la nuit dans une mauvaise auberge de village.

Quant au père Carillon, il s'était fracassé la tête !

Il avait trouvé la mort à son poste, comme il l'avait toujours ambitionné.

TEL ENFANT, TEL HOMME

I

Trois dames causaient dans un salon. Deux étaient jeunes et un peu futiles en apparence; la troisième, dont les cheveux commençaient à se mélanger de gris sur les tempes, avait le ton posé, le geste sobre d'une femme à l'esprit rassis; son expérience de la vie se devinait à ces différents signes. Les deux jeunes femmes l'écoutaient avec déférence; mais au rapide coup d'œil qu'elles se lançaient souvent entre elles, on voyait qu'elles trouvaient ennuyeux le bon sens de la dame aux cheveux grisonnants.

Autour de ce trio jouaient deux enfants, deux garçons. L'un, le fils de la maîtresse de la maison, brun, nerveux, la mine résolue, ne tenait pas un instant en place. Sa mère prétendait qu'il avait du vif-argent dans les veines; à coup sûr, un sang généreux y coulait. Il avait un petit fusil et s'amusait à imiter les mouvements des soldats; il mettait à ce jeu une action extraordinaire. Parfois il couchait en joue l'autre enfant, avec tant de sérieux, que celui-ci, gros blond bouffi et placide, se cachait en tremblant dans les jupes de sa mère. Alors le petit soldat lui tournait le dos, en disant avec un air fier et méprisant tout à fait comique : « Oh ! le peureux ! » Puis il courait à l'assaut de trois ou quatre chaises qu'il avait rangées en ligne. Le parquet était glissant, il lui arrivait souvent de faire des chutes; il s'en allait d'un côté, son fusil de l'autre. « Jules, tu t'es fait mal? » criait sa mère. Il s'était déjà relevé, et répliquait stoïquement : « Ce n'est rien. »

La conversation entre les trois dames roulait sur la carrière des garçons.

« La voie de votre fils me paraît toute tracée, dit en riant à la maîtresse de la maison Mme Debraux, la dame à la chevelure grise, il fera un bel officier.

— Lui, militaire ! jamais !

— A moins qu'il n'ait une vocation.

— Il aura la vocation que je lui donnerai.

— Vous avez encore bien des illusions, madame Faucheret, si vous croyez cela !

— Comment ! je veux me consacrer entièrement à mon fils, ne jamais me remarier, et il ne serait pas tout à moi comme je suis toute à lui ! Il suivra la voie que je lui tracerai, je l'espère bien. Mon choix est fait d'ailleurs.

— Déjà?

— Mais oui. Il est bon d'avoir à l'avance des idées là-dessus. Lorsque Jules aura fini ses études...

— Qu'il n'a pas commencées. Quel âge a-t-il, s'il vous plaît?

— Bientôt cinq ans, répondit Mme Faucheret avec un peu d'impatience.

— Bien. Enjambons les années, et dites-moi ce que vous en ferez lorsqu'il aura terminé ses études.

— Son oncle, l'architecte que vous connaissez, le prendra chez lui; il me l'a dit lui-même plusieurs fois; il n'a point d'enfants et raffole de son neveu. Au bout de quelques années, Jules pourra lui succéder. C'est une carrière qui me plaît. Alors, lorsque mon fils aura une bonne position, je le pousserai à se marier. Je lui choisirai moi-même sa femme, et nous vivrons tous ensemble bien heureux et bien tranquilles, car je ne pourrais jamais me résoudre à me séparer de mon fils.

—Que vous êtes jeune, mon Dieu! On voit bien, à ce beau tableau que vous venez de tracer, votre inexpérience de la

IL FERA UN BEL OFFICIER.

vie, votre ignorance du cœur humain. Vous arrangez les événements suivant votre bon plaisir; vous les conduisez, pour

ainsi dire, par la main, tout doucement, comme vous faisiez
pour votre fils à la promenade, lorsqu'il commençait à marcher. Hélas! pauvre femme! vous ne tiendrez pas plus les
événements dans votre main que votre fils. Croyez-moi, s'il a
du goût pour autre chose que l'architecture, c'est en vain
que vous vous y opposerez.

— Le caractère des enfants, répliqua la jeune mère, comme
si elle récitait une leçon, est semblable à de la cire molle; en
s'y prenant de bonne heure, on le pétrit à sa guise.

— Des phrases, ma chère, des phrases que vous me débitez
là. Pour de petites tendances votre système peut réussir; mais
il y a un fonds que l'on ne change pas, qui résiste à tout. Je
le sais. J'ai un fils unique que j'aime autant que vous aimez
le vôtre. — Ici Mme Faucheret eut un sourire d'incrédulité;
cette prétention lui paraissait exorbitante. — Eh bien, ce
fils, dès l'âge le plus tendre, montra des dispositions pour
la marine; il eut des bateaux, des navires de toutes dimen-
sions, une véritable flotte en miniature. On me disait : « Votre
fils sera marin. » Je jetais les hauts cris. Un fils unique, qui
faisait toute ma joie, ah! grand Dieu, non, il n'irait pas
courir les mers! Sa vocation, loin de s'affaiblir, se fortifia
avec les années. Son plus grand plaisir était de louer une
barque, et de filer sur la rivière, en ramant lui-même. Il
avait un culte pour la mer, qu'il n'avait jamais vue; il en
rêvait. Est-ce singulier! J'eus beau pleurer, j'eus beau le supplier, finalement il entra à l'École navale de Brest. C'était un
travailleur; mais comme j'avais refusé, un certain temps,
d'approuver son choix, il ne faisait plus rien. Je fus obligée
de céder, et de lui laisser suivre son penchant. Mon fils est
aujourd'hui capitaine de vaisseau, et doit voguer, à l'heure
qu'il est, dans les parages de la Cochinchine. A quoi sert de
lutter contre une vocation? »

Et faisant signe à Jules d'approcher :

« Viens, mon petit ami, » dit-elle.

Jules accourut, l'arme au bras, et fixa sur Mme Debraux ce regard profond et étonné particulier aux enfants.

« Qu'est-ce que tu veux être, Jules, quand tu seras grand?

— Général.

— Général pour rire, » dit sa mère.

Bien campé sur ses petites jambes, le regard fixe, comme un bon soldat au port d'armes, Jules n'avait pas l'air de rire du tout. Mme Debraux l'observait avec attention.

« Eh bien, oui, tu seras militaire, ou cela m'étonnerait fort. Plus tard, tu défendras la France avec un vrai fusil. Et maintenant retourne jouer, mon enfant.

— Puisque vous savez dire la bonne aventure, madame, dit Mme Moret, l'autre jeune mère, d'une voix ironique, apprenez-moi donc ce que deviendra mon fils. »

Mme Debraux sourit finement.

« Mon art n'a rien de mystérieux, je vous assure, madame. J'ai observé beaucoup d'enfants, j'ai suivi le développement de leur caractère, voilà tout. J'applique aujourd'hui le résultat de mes observations; je me trompe quelquefois, mais le plus souvent mes prédictions se trouvent justifiées.

» Alfred est une nature molle, indécise, une de celles qu'on peut pétrir à son gré, parce qu'il n'y a rien de solide au fond. Ces natures-là sont propres à recevoir toute empreinte, bonne ou mauvaise. Il sera un peu poltron, je dis un peu pour ne pas vous affliger; il se rangera volontiers du côté du plus fort; l'un le poussera à gauche, l'autre à droite. Quel chemin prendra-t-il? Mon regard ne le suit pas plus loin, et je ne puis vous dire s'il choisira le bon.

» Ce n'est pas une petite tâche que d'élever un garçon, mesdames; vous verrez. Petits enfants, petits tourments. Grands enfants, grands tourments. »

Là-dessus Mme Debraux se leva et se disposa à prendre congé de Mme Faucheret.

« Adieu, mon beau petit soldat, dit-elle en embrassant Jules. Je te souhaite les épaulettes.... plus tard. »

Cette dernière escarmouche piqua la mère.

« Vous pensez me taquiner avec votre souhait ; vous vous trompez, madame. Je sais bien que Jules ne sera point militaire. Il est fils de veuve ; jamais on ne me le prendra.

— La France manquerait de défenseurs que vous ne lui céderiez pas votre fils ?

— Non ! Un fils que j'élève avec tant d'amour ! cette seule idée me met hors de moi ; n'en parlons plus. J'ai assez souffert. Mon mari était un cerveau brûlé ; généreuse nature, disait-on. Il aimait les armes, les chevaux ; il m'a ruinée à demi ; je ne voudrais pas en dire de mal à présent qu'il est mort, mais il ne m'a guère donné de bonheur. Je compte sur mon fils. Il me console de ce triste passé ; dans l'avenir il sera mon appui. Si vous saviez comme je caresse l'avenir ! comme je le fais beau ! Comme je fais notre vie heureuse et paisible !

— Pauvre femme ! dit Mme Debraux en lui serrant la main, jouissez bien du présent, oubliez mes paroles ; je me trompe quelquefois.

— Oh ! je le crois ! » dit Mme Faucheret le sourire sur les lèvres.

A peine la porte se fut-elle fermée sur Mme Debraux, que les deux jeunes femmes l'habillèrent charitablement, et s'accordèrent à déclarer que c'était une femme insupportable.

II

Jules grandit, et avec lui ses goûts militaires. Dans la rue, il voulait suivre tous les uniformes ; et lorsqu'un régiment passait à côté de lui, le clairon sonnant une marche, aussitôt ses yeux devenaient brillants, son teint s'animait, il marquait le pas, et les passants riaient de son ardeur.

Il n'avait pour jouets que des sabres, des soldats de plomb, des canons et des tambours ; sa chambre était un arsenal.

Son canon de bois lançait des boulets de papier ; ce genre de munitions lui parut bientôt trop enfantin. Il voulait un « vrai canon » en cuivre, dans lequel on pourrait mettre de la « vraie poudre ». Sa mère lui enjoignit d'avoir à se contenter de son canon de bois et de ses inoffensives munitions, et il sembla s'y résigner.

Mais un jour on entend une détonation dans la chambre de Jules. Toute la maison est en émoi. Mme Faucheret court chez son fils, suivie de la bonne, et trouve la chambre encore remplie d'une fumée accusatrice, et Jules comme en extase devant un canon renversé sur le plancher par la violence d'une charge que le canonnier novice avait mal calculée. Pas moyen de nier. D'ailleurs, si Jules était désobéissant, il n'était pas menteur. Il se contenta de dire pour sa défense :

« C'est si amusant, mère, un vrai canon !

— Et si dangereux, monsieur ! » reprit la mère. Le canon fut confisqué, rien de plus juste. Jules y pensa longtemps, se disant en manière de consolation : « C'était tout de même une fameuse décharge ! »

Il eut bientôt passé l'âge où l'on rêve de jouets.

Il n'avait qu'un défaut, si c'en est un, son enthousiasme pour l'état militaire.

Toujours le premier de sa classe, jamais on n'avait besoin de le pousser au travail ; c'était un de ces élèves qui font honneur à leur professeur. A de brillantes qualités intellectuelles, il joignait des qualités morales propres à rendre douce la vie de famille. On enviait le bonheur de sa mère. Eh bien, non, elle n'était pas heureuse ; elle sentait son fils lui échapper à mesure qu'il grandissait. Longtemps il n'avait pas eu d'autre camarade qu'elle, longtemps elle l'avait accompagné matin et soir jusqu'à la porte du lycée. Lorsque la foule turbulente des écoliers s'élançait en poussant des cris, en se poursuivant et en s'envoyant des coups de carnier dans le dos, Jules venait sagement rejoindre sa mère, en regardant du coin de l'œil les jeux et les batailles qui se continuaient dans la rue. Mais ce bon temps, où les garçons appartiennent entièrement à leur mère, est généralement de courte durée, et il était passé pour Mme Faucheret.

Son fils lui avait dit un jour :

« Voyons, chère maman, est-ce que vous allez me conduire au lycée jusqu'à ma philosophie ?

— Je te suis à charge déjà ? Que les enfants sont ingrats, mon Dieu ! On ne vit que pour eux, on n'aime qu'eux, on voudrait ne jamais les quitter, et eux, à peine savent-ils marcher, qu'ils ne songent qu'à s'affranchir de votre tutelle.

— Ce n'est pas cela, mère, répliqua Jules. Je vous aime toujours autant, vous le savez bien, mais les autres commencent à me trouver ridicule parce que vous m'accompagnez toujours. On me fait des niches en classe, on m'appelle « Bébé ». Est-ce assez humiliant à mon âge ? J'ai un poing capable de réduire au silence ceux qui me persécutent, mais je ne puis m'en servir, puisque vous êtes toujours là. La main me démange, je vous assure.

— Te battre ! Je vous le défends bien, monsieur ; pour me revenir les oreilles en sang, les habits déchirés. Est-ce pour cela que je prends un tel soin de vous depuis votre enfance, dites, monsieur ?

— Eh bien, répliqua tranquillement Jules, et ceux qui vont à la guerre, est-ce que leurs mères ne les ont pas bien soignés ? Ils ne reviennent pas seulement avec les oreilles en sang et les habits déchirés ; mais quelquefois avec un bras, une jambe de moins ; et quelquefois aussi ils ne reviennent pas du tout.

— Que m'importe la guerre ! dit la mère égoïste. Tu n'iras jamais à la guerre, toi !

— Vous savez bien que je veux être militaire. »

A cette déclaration, Mme Faucheret se mit à pleurer,
désolée de tant d'ingratitude. Jules avait un trop bon cœur
pour laisser pleurer sa mère. Il l'embrassa, la consola,
promit de rester toujours avec elle. Elle, de son côté, lui
assura qu'à l'avenir il irait seul au lycée, et en reviendrait
de même.

Jules avait alors treize ans. C'était, comme on dit vulgaire-
ment, un garçon *bien planté.*

Dès qu'il eut conquis sa liberté, il en profita pour régler de
vieux comptes. Tous les roquets qui l'avaient agacé de loin, se
sentant protégés par la présence de Mme Faucheret, firent connaissance avec ses poings robustes. Lui-même eut les oreilles
en sang, et rapporta au logis des bosses glorieuses. Après cela
on le laissa tranquille, et il jouit du respect général.

Lorsqu'il arrivait au lycée un *nouveau*, les autres lui
disaient dans un style plus énergique que choisi :

« Tu sais, faut pas ennuyer Faucheret, il donne des *piles*
comme pas un. »

Enfin Jules avait une réputation digne d'envie. En somme,
c'était un enfant paisible, qui tenait fidèle compagnie à sa
mère. Il faisait seulement quelquefois des visites au polygone,
pour voir tirer le canon. Sa mère le savait ; et cela l'inquiétait.

« J'aurai beau faire, se disait-elle, je ne parviendrai jamais
à déraciner son goût pour les armes. C'est dans le sang. »

Elle avait beaucoup perdu de sa confiance passée, la pauvre
mère !

Le moment arrivait où Jules devrait nécessairement penser
à se choisir une carrière. Il n'en parlait pas, et sa mère n'osait
lui dire que de longue date elle avait décidé qu'il entrerait
chez son oncle l'architecte.

Mais un soir :

« Voici le moment venu, dit Jules résolument, de penser à
une carrière. Si vous y consentez, je me préparerai à l'École

de Saint-Cyr, et je m'y présenterai l'année prochaine. Mes professeurs m'y poussent, et la carrière militaire est la seule qui m'attire, je ne vous le cache pas. Elle a pour moi un singulier prestige, un irrésistible...

— Tu veux donc me faire mourir! cria Mme Faucheret.

— Mais, ma mère...

— Suis ta vocation sans t'inquiéter de ta mère, abandonne-la dans ses vieux jours, elle qui n'a que toi, et qui s'est sacrifiée pour toi. J'étais jeune lorsque j'ai perdu ton père, j'aurais pu me remarier; j'y ai renoncé uniquement à cause de toi. Jamais tu n'as été confié à des mains étrangères; je t'ai nourri moi-même! j'ai été ta servante, ton institutrice, tout enfin; je n'ai vécu que pour toi, ingrat, oh! ingrat!

— Ma mère, répliqua froidement Jules, vous auriez pu me dire simplement que vous désiriez me voir choisir une autre carrière. J'ai la conscience de n'être point un ingrat; je vous le prouverai en vous sacrifiant ma vocation, et croyez que ce n'est pas un petit sacrifice. »

Là-dessus, il sortit de la chambre, laissant sa mère assez honteuse, malgré sa victoire.

Enfin elle put réaliser son rêve, voir son fils travailler tranquillement chez son oncle l'architecte. Dieu sait avec quel air de triomphe elle s'en alla dire à Mme Debraux :

« Mon fils a suivi exactement la voie que je lui ai tracée. Je suis la plus heureuse des mères.

— Je vous en félicite, répliqua Mme Debraux. Jules était trop bon fils pour vous causer de la peine; je croirai toujours qu'il vous a sacrifié sa vocation; ses professeurs et ses camarades le croient aussi. On le plaint. »

Mme Faucheret s'en alla moins fière qu'elle n'était entrée.

III

Il y avait quatre ans que Jules travaillait chez son oncle, lorsque la guerre de 1870 éclata. C'est alors que Mme Faucheret s'applaudit d'être veuve, en voyant le désespoir, les inquiétudes de la plupart des mères. Cependant, elle n'était pas tout à fait tranquille. Plusieurs fois elle avait surpris Jules suivant sur une carte, d'un air sombre, la marche de l'ennemi. Bientôt il ne fit pas autre chose que de consulter les cartes, et de courir à l'Hôtel de Ville lire les dépêches.

« Tu ne travailles plus, lui disait sa mère.

— Faire des plans de maisons lorsque l'ennemi est en France! j'en suis incapable. Je bous, j'ai la fièvre, je ne tiens pas en place! »

Elle pensait : « Si seulement il était marié! »

On organisa la garde mobile, où entrèrent des camarades de Jules, et entre autres, bien à son corps défendant, Alfred Moret, toujours poltron, et qui aurait cédé de grand cœur sa place à Jules.

Un premier bataillon de mobiles quitta la ville. Il devait passer sous les fenêtres de Mme Faucheret, elle aurait bien voulu trouver un prétexte pour éloigner ce jour-là son fils de chez elle. Mais il s'obstina à ne pas quitter la maison, et vit défiler les mobiles. Il les dévorait du regard, disant de temps à autre entre ses dents :

« Est-ce que je ne suis pas plus fort que celui-ci, et que celui-là! Et dire que je me croise les bras ici, que je suis inutile, et que la France a si grand besoin de défenseurs! »

Avant la fin du défilé, il quitta la fenêtre brusquement, et les yeux pleins de pleurs de rage :

« Que je souffre! » s'écria-t-il. Il sanglotait.

Sa mère s'approcha de lui.

« Eh bien, pars, puisque tu souffres tant! » dit-elle d'une voix étranglée. Il l'étreignit avec force dans ses bras : « Merci! » répondit-il simplement. Sa mère retomba dans son fauteuil.

Le lendemain, Jules Faucheret signa son engagement dans la mobile; deux jours après, il était équipé. Avec sa vareuse de grosse laine bleue, son ceinturon de cuir et son képi, il avait superbe mine. Il portait ce costume peu brillant avec une telle grâce, une telle aisance, qu'on eût dit qu'il était né avec une vareuse sur le dos et un képi sur la tête.

Sa tournure dégagée, sa taille bien prise, sa physionomie ouverte et martiale, frappaient les passants. Souvent, en le suivant du regard dans la rue, on pensait :

« Il nous en faudrait beaucoup comme celui-là. »

Et c'était vrai.

Pendant qu'on formait le nouveau bataillon, Jules entoura sa mère de soins encore plus empressés, de plus d'amour que de coutume. Elle sentait son cœur se fondre, et lui disait quelquefois :

« Ne sois donc pas si bon! »

Le nouveau bataillon manœuvrait bien, on ne pouvait tarder à donner l'ordre du départ. Il arriva. Jules fut un peu pâle lorsqu'il lui fallut dire à sa mère le jour fixé. On partait en pleine nuit, à deux heures du matin. Ils veillèrent ensemble, assis tout près l'un de l'autre. La douleur de Mme Faucheret était si profonde, qu'elle ne pouvait s'exhaler au dehors; elle ne prononçait pas une parole, et serrait seulement les mains de son fils dans les siennes.

Quelle veillée! Que de pensées funèbres traversent le cœur d'une mère pendant ces dernières heures! Il faut avoir passé par ces angoisses pour les comprendre, cela ne peut se décrire.

Et lorsque le clairon, à travers le silence et l'ombre de la nuit, envoie ses notes claires et stridentes, qui disent : « Séparez-vous ! » Oh ! non, cela ne peut se traduire. Quel terrible moment, mon Dieu !

En attendant le rappel, Jules disait à la pauvre femme :

« Mère, je voudrais vous entendre dire que vous ne haïssez pas cette autre mère qui vous enlève votre fils. Ah ! croyez bien que si je n'aimais pas la France, je ne vous aimerais pas comme je vous aime. L'égoïsme ne laisse de place à aucun grand amour. Si quelqu'un vous frappait sous mes yeux, pensez-vous que je me croiserais froidement les bras et que je le regarderais tranquillement faire ? Pensez-vous que, dans la même circonstance, si l'on me liait bras et jambes, en me forçant d'assister à une pareille scène, je ne sentirais pas bouillir tout mon sang ? que je ne mourrais pas de rage, dans l'impossibilité de vous défendre ? Eh bien, j'étais ainsi en face de la France, comme un fils dont on a lié les mains pendant qu'on bat sa mère. Dites-moi que vous comprenez ces sentiments.

— Oui, je les comprends, » répondit-elle à voix basse.

Il s'agenouilla devant elle, et la pressant avec force dans ses bras :

« Jamais, oh ! non, jamais, mère, je ne vous ai tant aimée ! »

Lorsqu'il se releva, sa contenance était toujours ferme ; mais il y avait des pleurs dans ses yeux, de ces pleurs qui ne sont point une marque de faiblesse, et dont les hommes ne doivent pas rougir.

En ce moment le clairon passait sous les fenêtres, leur criant de sa voix la plus lugubre :

« Séparez-vous, séparez-vous ! »

Mais la mère, les bras noués autour du cou de son fils, ne pouvait cesser de l'embrasser, disant toujours :

« Encore, mon enfant, encore ! c'est peut-être la dernière fois ! »

Elle le suivit dans l'escalier, jusqu'au seuil de la porte. Elle écouta dans la nuit le bruit de ses pas, jusqu'à ce qu'il eut tourné l'angle de la rue, pensant avec un affreux serrement de cœur : « C'est peut-être la dernière fois ! »

Hélas ! oui, c'était la dernière ! Jules fut mortellement frappé dans un village attaqué par les Bavarois. Toujours en avant, son intrépidité, son ardeur entraînaient tous les autres. Il tomba le premier de son bataillon.

IV

On crut que Mme Faucheret ne survivrait pas à son fils. Elle ne prenait plus aucun soin d'elle-même, et sa prostration effrayait ses amis. Elle ne faisait plus partie pour ainsi dire du monde des vivants ; ses journées se passaient en prières devant le portrait de son fils.

Parmi les personnes qui lui témoignèrent le plus de sympathie se trouvait en première ligne Mme Debraux. Elle allait voir souvent cette pauvre mère, dont l'unique sujet de conversation était son fils.

Un jour, les deux dames étaient assises l'une près de l'autre, dans ce même salon où, bien des années auparavant, Mme Debraux avait prédit au petit soldat pour rire qu'il défendrait plus tard la France avec un vrai fusil. Mme Faucheret racontait, pour la dixième fois au moins, à la vieille dame compatissante la vie si courte de son fils ; elle en faisait un long récit avec tous les traits, tous les petits détails, qui ont tant de prix et d'intérêt pour les mères !

« Perdre un tel fils ! disait-elle en pleurant. Y a-t-il une douleur qui puisse être comparée à la mienne ?

— J'en connais une plus grande, répondit Mme Debraux, et qui vient de m'être révélée aujourd'hui. Alfred Moret avait à peu près le même âge que votre fils, n'est-ce pas ? Je me souviens de les avoir vus jouer ensemble dans ce salon. Eh bien, Alfred, un jour qu'il s'était un peu trop éloigné de son

bataillon, a été fait prisonnier par les Prussiens. On le menaçait de le fusiller ; il a racheté sa vie en donnant à l'ennemi des
renseignements sur nos positions. Par sa faute son bataillon
a été massacré en partie dans une surprise. Alfred Moret est
vivant ; mais dites-moi s'il y a quelque chose de plus douloureux pour une mère que d'avoir honte de son fils et de n'oser
seulement prononcer son nom ? Mme Moret n'est-elle pas encore plus à plaindre que vous ? »

Et aussitôt Mme Faucheret, avec un accent bien triste,
mais bien fier :

« C'est vrai, moi, je puis parler de mon fils mort ! »

UN PARADIS TERRESTRE

Le marquis de Grandterres était le marquis de Carabas de son temps. Il avait des biens partout, au nord, au midi, à l'ouest et à l'est. Il possédait des forêts giboyeuses, de riches pâturages, des vignes sur les meilleures côtes, de blanches métairies au soleil et des châteaux de tous les styles, sans compter toutes les maisons de plaisance qu'il avait de-ci et de-là. L'heureux marquis ! Ah bien, oui, heureux ! Il avait beau changer de place, s'en aller d'un château à l'autre, il s'ennuyait toujours et partout, et, quoiqu'il ne fît rien, il était rompu le soir, comme si on l'avait roué de coups.

Peut-être trop de bonheur le fatiguait-il ? Peut-être son chemin était-il trop uni ? Dans les allées de ses parcs, belles et droites jusqu'à la monotonie, jamais il n'avait rencontré une épine.

Non seulement ce malheureux marquis s'ennuyait, mais il ne mangeait pas, et partant il maigrissait. Son chef de cuisine en perdait la tête, car il avait épuisé les recettes du *Cuisinier royal* et du *Parfait Cuisinier*. Que faire après cela ? Dans son désespoir, il buvait le meilleur vin de M. le marquis, et il tapait sur les petits marmitons.

On ne comprend pas comment l'ennui pouvait atteindre le marquis : car il n'était jamais seul, il ne s'appartenait pas un instant.

Toute la matinée, il était entre les mains de son valet de chambre; à table, à la chasse, au spectacle, toujours entouré d'une joyeuse compagnie. Les amis et les complaisants ne lui manquaient pas.

Le soir, pour l'endormir, on lui faisait la lecture, et souvent le sommeil était bien long à venir !

Ce malheureux marquis mangeait donc peu, dormait mal et s'ennuyait beaucoup.

Chaque fois que son tailleur lui prenait mesure, il s'écriait douloureusement :

« Monsieur le marquis a encore maigri! »

Ce n'était que trop vrai.

Cependant, pour le distraire, on multipliait les fêtes et les chasses. C'étaient de véritables hécatombes de gibier.

Il ne restait pas plus de huit jours dans chacun de ses châteaux, tant le poids qui pesait sur son cœur était lourd.

A ce train-là, tout marquis de Carabas qu'on est, on est assez vite au bout de ses domaines.

« Je n'ai que cela de châteaux ! se dit-il un jour en soupirant. Je me croyais plus riche ! »

Il se fit apporter par son intendant la liste de ses terres, et la lut attentivement. Mais aucun nom ne frappait agréablement ses yeux; ici il s'était ennuyé huit jours, là quinze, ailleurs davantage encore.

Tout à coup, un nom, qui lui parut inconnu, frappa ses yeux : « Bois de Rocheperdue. » Et, se tournant vers son intendant, il lui dit avec vivacité :

« Est-ce une nouvelle acquisition que vous avez faite?

— Le bois de Rocheperdue, monsieur le marquis, est au contraire une des plus anciennes propriétés de votre famille.

— Comment se fait-il qu'on ne m'en ait jamais parlé? dit le marquis mécontent.

— Vos nobles ancêtres n'avaient pas l'habitude d'y aller.

C'est une solitude sauvage, sans agrément. Les chemins sont mal tracés, et pour toute habitation il y a la maison rustique du garde-chasse.

— Une solitude sauvage, des chemins mal tracés, une maison rustique, dit le marquis en rêvant, c'est tout nouveau pour moi! Je veux aller chasser à Rocheperdue; je partirai demain sans plus tarder.

— Monsieur le marquis emmène sa meute et ses gens, bien entendu?

— Ni bêtes ni gens.

— Mais les piqueurs, mais les cuisiniers, mais les valets de chambre?...

— Personne, vous dis-je. Cette foule de gens m'assassine, je crois. »

L'intendant s'inclina respectueusement et sortit. A peine hors de la vue du marquis, il haussa les épaules en murmurant :

« Cette fois, il va périr d'ennui! »

Dès le lendemain, une chaise de poste, attelée de quatre chevaux, emmenait le marquis vers sa terre de Rocheperdue.

Par là, les routes n'étaient pas royales; c'étaient de fort mauvais chemins. On voyait bien que le marquis n'avait pas l'habitude de s'y faire voiturer. Tantôt la chaise rebondissait sur des pierres mal broyées, tantôt elle s'enfonçait dans des ornières profondes. Elle fut si maltraitée par ces chemins épouvantables, qu'un essieu se rompit, et le marquis resta en détresse en rase campagne, non point de mauvaise humeur, comme on aurait pu le croire, mais tout émoustillé par cette aventure.

La campagne ne présentait pas de ces ondulations qui semblent couper la distance; les champs plats offraient une perspective lointaine d'une effrayante étendue, trop bien mesurée par l'œil et qu'augmentait encore la blancheur de la neige qui couvrait le sol. Aucun clocher ne se montrait à l'horizon.

Seules des silhouettes d'arbres se dessinaient çà et là sur l[e]
ciel clair. Cependant, à droite, le terrain se renflait un peu[,]
et l'on distinguait un bois.

Heureusement, un paysan vint à passer et put fourni[r]
quelques renseignements sur le pays. Le village le plu[s]
proche était à trois bonnes heures de l'endroit où le marqui[s]
avait échoué dans sa chaise. Quant au bois, qui n'était autr[e]
que celui de Rocheperdue, on pouvait l'atteindre en un[e]
petite heure.

La décision du marquis fut bientôt prise. Il partit à pie[d]
pour Rocheperdue, tandis que son postillon allait au villag[e]
chercher un charron pour raccommoder l'essieu rompu.

Jamais le marquis n'avait cheminé en sa seule compagnie[,]
jamais il n'avait traversé des champs aussi silencieux, lui qu[i]
troublait toujours la campagne du bruit de ses chasses : cri[s]
des piqueurs, aboiements des chiens et bruyantes fanfare[s]
des cors. Ce silence, cette solitude lui plaisaient, et pour l[a]
première fois il comprit, il sentit le bonheur de s'appartenir[.]

Les petites heures des paysans sont longues.

Après deux heures de marche dans la neige, le marqui[s]
éprouvait dans l'estomac des tiraillements qui lui étaien[t]
inconnus, et il arrivait enfin à la maison de son garde-chasse[,]
cachée sous bois.

Un fagot qui pétillait dans la cheminée jetait une clair[e]
lueur dans la chambre. Le garde, vieux et cassé, se chauffai[t]
les jambes, tandis que sa femme Claudine, encore alerte[,]
préparait le souper. Une enfant, leur petite-fille Claudette[,]
qui n'avait plus qu'eux au monde, aidait à sa grand'mèr[e]
avec l'air important des ménagères en herbe.

L'apparition de M. le marquis mit en émoi la paisible famille. On pensait si peu à lui. Jamais un seigneur de Grandterres n'était venu à Rocheperdue, et le garde avait fini par
se considérer comme le propriétaire de ce bois sauvage.

Il fut désagréablement surpris.

Le trouble de Claudine ne connut plus de bornes, lorsqu'elle entendit le marquis s'écrier :

« Je meurs de faim !

— Hélas ! c'est que nous n'avons rien à offrir à monsieur
le marquis, balbutia la grand'mère, rien que notre pauvre
souper.

— Qu'importe ! pourvu que je mange ! Servez-moi vite,
dame Claudine. »

Et le marquis, en prononçant ces paroles, montrait des
dents aiguës, très blanches, mais un peu longues, qui firent
frissonner la petite Claudette. Elle le prit pour un ogre.

Claudine, toute confuse, apporta sur la table un plat de
choux et de pommes de terre, couronné d'un morceau de
lard.

Vous croyez que le délicat marquis n'y goûta que du bout
des lèvres ? Il y revint jusqu'à trois fois.

« Quel assaisonnement mettez-vous donc là dedans, dame
Claudine, disait-il, pour donner aux gens tant d'appétit ?

— Rien que du sel, monsieur le marquis.

— Vraiment ? Jamais mon cuisinier ne m'a confectionné
un plat pareil, et Dieu sait cependant ce qu'il use d'épices !

— Il n'y a rien de tel pour mettre en appétit qu'une bonne
course au grand air, dit le garde. Cela vaut mieux que les
épices.

— C'est possible. »

Après le souper, le marquis dit au garde :

« J'ai le projet de chasser ici. Vous aurez bien un fusil à
me prêter ? Naturellement, vous êtes chasseur aussi ? »

A ces mots, tous les visages se rembrunirent et exprimè-
rent une véritable consternation. Des larmes roulèrent même
dans les yeux de la petite Claudette, et elle regarda son grand-
père avec anxiété. Il répliqua :

« Il y a plus de cent ans peut-être qu'on n'a chassé dans ce
bois, et je ne possède qu'un fusil rouillé qui me vient de mon

arrière-grand-père; il ne pourrait servir à monsieur le marquis.

— Eh bien, répliqua celui-ci, je ferai venir des chiens, un fusil, des piqueurs, si je me plais assez ici pour y rester quelques jours.»

Là-dessus, comme il tombait de fatigue et de sommeil, il demanda son lit. Claudine lui donna le meilleur de la maison. Néanmoins il était un peu dur; mais le marquis ne fit qu'un somme jusqu'au jour, tant il était las.

Aussitôt éveillé, il se leva et vint à la fenêtre. Il aperçut à travers les arbres chargés de neige, près d'un hangar séparé de la maison, un charmant tableau qui le frappa de surprise.

La petite Claudette distribuait du pain à une biche et à ses faons. L'un mordillait, d'un air mutin, le panier qu'elle portait au bras, l'autre fixait sur le pain ses beaux yeux innocents remplis de convoitise.

Des oiseaux groupés aux pieds de la petite fille avaient aussi leur part dans cette distribution.

Le marquis appela Claudette, et lui dit :

« Comment as-tu fait pour apprivoiser ces animaux sauvages, mon enfant?

— Ils sont tous comme ça dans notre bois... dans votre bois. »

Puis elle ajouta plus bas et toute tremblante :

« Ah! nous avons bien de la peine, grand-père, grand'mère et moi, en pensant que vous allez leur faire du mal! Nous les aimons tant!

— Alors tout le bois est peuplé d'animaux aussi familiers? Vraiment, je ne puis te croire, ma petite fille. Ce que tu me racontes est aussi extraordinaire que les contes de fées dont me berçait ma nourrice.

—Venez avec moi, monsieur le marquis, et vous verrez. »

Elle lui fit prendre un sentier agreste, où poussaient

CLAUDETTE DISTRIBUAIT DU PAIN A UNE BICHE ET A SES FAONS.

des mousses et des plantes bannies des parcs pompeux du marquis.

Les oiseaux les regardaient tranquillement passer, les écureuils ne fuyaient pas à la cime des arbres. Au bruit de leurs pas, aucun hôte du bois ne se dérangeait. Les cerfs, les biches, les daims et les chevreuils venaient à eux avec confiance. Aucune inquiétude dans leurs yeux ni dans leurs mouvements. L'homme pour ces animaux était un ami.

Le marquis était ému, émerveillé, lui qui n'avait vu que des cerfs aux abois, des biches pantelantes, et il dit à Claudette :

« Va, sois tranquille, je ne ferai jamais de mal à ces animaux. Leur confiance me touche. »

Et il ajouta en lui-même :

« Je n'irai point gâter cette terre privilégiée en la livrant à mes amis, à mes piqueurs et à mes chiens. J'ai assez de domaines où je puis chasser et je n'en ai pas un seul qui m'ait offert un spectacle aussi rare. C'est ainsi que dans le jardin de délices où vécurent nos premiers parents, les animaux sans méfiance devaient venir à eux. »

Le marquis passa sans ennui plusieurs semaines à Rocheperdue.

A son retour, lorsque son tailleur lui prit mesure, au lieu de répéter son éternel refrain : « Monsieur le marquis a encore maigri ! » il s'écria joyeusement, triomphalement :

« Monsieur le marquis a pris de l'embonpoint ! »

LA VOCATION DE PROSPER

Prosper Chasseau, le fils du tailleur d'un gros bourg du Poitou, était dans une très mauvaise veine, et tirait l'aiguille avec une mollesse impatientante. Depuis bientôt deux ans qu'il se piquait les doigts en cousant des culottes et des vestes, le métier de son père n'*entrait* pas, comme l'on dit.

Ce qu'il aurait aimé, c'était vagabonder tout le jour ; aller en bateau dans les marais, tendre des nasses aux poissons, dénicher les oiseaux, voilà l'existence rêvée par Prosper. Il n'avait pas appris grand'chose à l'école : car il n'avait pas mis plus de zèle à étudier qu'à tirer l'aiguille, et souvent il avait manqué la classe. Il restait des journées entières dehors, vivant d'une vie sauvage, se nourrissant de cresson, de salsifis, et la nuit dormant dans quelque hutte de roseaux au milieu des marais, pendant que ses parents veillaient dans l'anxiété. Ah ! il donnait joliment du fil à retordre à Chasseau, l'honnête tailleur ! Il en faisait verser des larmes à la pauvre mère Chasselle !

La fête du bourg habité par Chasseau tombait le jour de Pâques. Ce jour-là, chacun voulait être beau, habillé de neuf de pied en cap, et le tailleur disait à trente paysans au moins : « Vous aurez votre veste pour la fête,... je vous promets que votre culotte sera terminée. » Et ce n'étaient pas des promesses en l'air, comme les tailleurs les prodiguent : car il avait l'intention de les tenir toutes, et il les tenait. On ne lui aurait point pardonné, en un pareil jour, de manquer de parole.

Mais Chasseau se mettait sur les dents, passant les jours et les nuits à coudre. Aussi, le jour de la fête, quand il sortait de sa chambre, il avait l'air de relever de maladie, tant sa figure était pâle, et ses yeux rougis par le travail.

Cette année-là, quelque temps avant Pâques, le tailleur se réjouissait, se disant :

« Ah! cette année, j'aurai bien moins de mal : voilà mon fils qui est grand, j'espère qu'il sera assez raisonnable pour secouer sa paresse, et me donner un bon coup de main, quand il verra tant d'ouvrage autour de nous. Il sait maintenant faire proprement une couture et des boutonnières. S'il voulait, comme il serait adroit ouvrier ! »

Chasseau ne taillait guère que le costume des paysans poitevins, quoiqu'il eût collé dans sa chambre une gravure coloriée représentant de beaux messieurs, frais comme des poupées, peignés comme des coiffeurs, raides, corrects, bêtes et mis à la dernière mode de Paris.

A l'approche de la fête, chacun apporta son drap au tailleur : drap grossier, drap fin, drap bleu, drap marron, drap olive. Il y en avait un véritable amoncellement sur la table, et Prosper le considérait d'un air sombre.

Et Chasseau ne faisait que prendre mesure, tailler, essayer, et préparer de l'ouvrage à son fils. Quel terrible coup de feu ! On se levait avec le jour, on se couchait après minuit, et l'on restait toujours assis sur la grande table, les jambes croisées! Dieu! quelle figure faisait Prosper! Son nez s'était allongé d'une aune, et ses sourcils se rejoignaient.

« Pourquoi faut-il, se disait le jeune garçon, que cette fête tombe au plus beau moment de l'année, alors que tout est nouveau, et qu'il ferait si bon aller par les prés écouter chanter les merles, ou bien, décrochant un bateau, filer sur la rivière ! On étouffe ici. Au diable vestes et culottes ! »

Et Prosper, lâchant son aiguille, appuya sa tête sur sa main, et cessa de travailler.

« Eh bien, Prosper! cria Chasseau sans interrompre son travail.

— Eh bien, mon père?

— Un peu de courage, mon enfant, un dernier coup de collier. Nous approchons de la fête. Ah! tu t'amuseras ce jour-là, je te le promets. Je te donnerai une pièce blanche toute neuve, je t'achèterai un beau couteau à manche de corne. Allons, reprends ton aiguille, et hardi!

— Je ne ferai plus un point à ces maudites vestes. Je suis fatigué. »

Le père cessa de travailler, releva ses lunettes sur son front et considéra attentivement et avec chagrin la figure de son fils, qui n'était pas celle d'un bon garçon désolé de ne plus pouvoir aider à son père. Ce n'était pas la fatigue qui se lisait sur la figure de Prosper, mais la révolte et la mauvaise humeur. Chasseau soupira et dit :

« Crois-tu, mon fils, que je ne sente pas la fatigue, moi aussi? Depuis plus longtemps que la tienne, mon échine se courbe sur l'ouvrage, et j'ai commencé jeune; à douze ans, j'étais déjà assis sur cette table. J'en ai fait des points dans ma vie! j'en ai cousu des habits pour les noces et les *ballades!* A ton âge j'aidais sérieusement à mon père, et si je sentais, comme toi, quelque fatigue, elle était adoucie par la pensée que mon travail le soulageait, et que je gagnais honnêtement mon pain. Cette pensée me rendait fier. Être utile, c'est la vie. Et vois-tu, mon fils, quand on a bien travaillé toute la semaine, on éprouve plus de plaisir à se promener le dimanche par la campagne.

— Je ne suis pas né pour être tailleur, dit Prosper d'un air sombre.

— On renie toujours le métier de son père, » répliqua Chasseau.

Et prenant un ton plus sévère; il demanda :

« Pourquoi êtes-vous donc né, monsieur? pas pour rouler carrosse, je suppose, car cela n'est jamais arrivé à personne de notre famille. De père en fils on a toujours tiré l'aiguille. Je serais curieux de connaître votre vocation. Vous n'avez pas l'amour des livres, de l'étude, puisque vous n'avez rien fait à l'école. »

Et comme Prosper ne répondait pas, il continua :

« Tenez, moi, je vais vous la dire votre vocation : c'est de vagabonder. »

Et d'un ton d'autorité :

« Reprenez votre ouvrage, monsieur. »

Prosper se remit à coudre de mauvaise grâce. Il faisait un point par minute.

Tout à coup, il lança dans la chambre la veste qu'il tenait, en s'écriant :

« J'étouffe ici! » Il ne fit qu'un bond vers la porte, l'ouvrit, la referma derrière lui avec une telle promptitude, qu'il était déjà loin avant que le tailleur fût descendu de sa table.

« Allons, pensa-t-il, voilà une journée perdue; il ne reviendra que ce soir. »

Mais Prosper ne revint pas le soir, et les jours, les semaines, les années se passèrent sans qu'on le revît dans la maison paternelle.

Et le tailleur vieillissait, sa vue s'affaiblissait, et chaque année, pour le grand coup de feu de la fête de Pâques, il était de plus en plus fatigué.

Une fois, au moment où tout l'ouvrage était taillé, il tomba malade, et fut obligé de s'aliter. Il eut une grosse fièvre, le délire.

« Ote-moi donc toutes ces vestes, elles m'étouffent, disait-il à la Chasselle, et toutes ces aiguilles qui me piquent, et ces grands ciseaux qui m'égorgent. »

Ou bien, sautant sur son lit, il criait :

LE PÈRE CONSIDÉRA ATTENTIVEMENT SON FILS.

« J'ai de l'ouvrage par-dessus la tête, et ce vagabond de Prosper qui ne revient pas! »

La pauvre Chasselle pleurait. Une nuit qu'elle le veillait, il lui sembla qu'on frappait à la porte de la petite boutique.

Elle alla s'en assurer, et, vu l'heure indue, demanda prudemment :

« Qui est là ?

— Moi, ma mère! »

Vous pensez si Chasselle fut saisie. Elle ouvrit, et se trouva en face de son fils, cuivré comme un Peau-Rouge, maigre comme un cent de clous, et fait comme un mendiant. Il n'y avait pas besoin de lui demander s'il avait fait fortune, loin de la maison paternelle; sa mise répondait pour lui. Chasselle lui ouvrit les bras : car les mères embrassent leurs enfants d'autant plus fort qu'ils sont plus malheureux.

Et puis Prosper lui posa une question anxieuse :

« Et le père ?

— Malade.

— Malade! Mais ce n'est pas grave, dites, ma mère ?

— Je l'espère, mais la maladie tombe mal; tout l'ouvrage est là.

— Ah! oui, c'est bientôt la fête, mais ne vous désolez pas, ma mère, tout sera fait pour Pâques. Je vais me mettre au travail.

— Toi ?

— Je sais encore coudre, allez. Je vais prendre quelques heures de repos, et puis j'en abattrai de l'ouvrage, vous verrez. Plus tard, quand tout sera fini, je vous conterai mon histoire; elle est longue. »

Ils s'embrassèrent de nouveau, et Prosper alla s'étendre sur son lit; il dormit pendant quelques heures, puis s'enferma dans la petite boutique. Il était bien changé; son aiguille volait dans ses doigts, vestes et culottes se cousaient comme par enchantement.

Et le vieux Chasseau, toujours délirant, geignait dans son lit : « Ote-moi ces vestes. Et ce vagabond de Prosper qui ne revient pas ! »

Cependant le mieux se fit sentir et, la veille de Pâques, le tailleur put se lever. Alors Chasselle tout doucement lui apprit que son fils était revenu et le conduisit dans la boutique. Prosper achevait la dernière veste. Les autres avec leurs boutons brillants, leur air de fête, étaient accrochées autour de la chambre.

Chasseau avait la tête affaiblie par la diète, il s'écria :

« Prosper, j'ai fait un mauvais rêve ! Je croyais que tu étais parti depuis des années. Mais je vois bien à présent que c'était un rêve, tu n'as passé que la soirée dehors. Ah ! le bon fils qui m'a fait tout mon ouvrage ! »

Prosper descendit de sa table, et alla serrer son père dans ses bras.

Le jour de Pâques, la mémoire était revenue au vieux tailleur, et à table Prosper raconta son histoire.

Il avait vu beaucoup de pays, couru les mers, fait toute sorte de métiers, dont pas un ne valait celui de son père : car aucun n'assurait le pain du lendemain, et pas même celui de chaque jour. Bref, le gousset vide, l'estomac creux, dégoûté de cette vie aventureuse, et sincèrement repentant, il était revenu au logis paternel.

Le vagabond Prosper devint le modèle des tailleurs, et mieux encore le modèle des fils ; il remplit de consolation la vieillesse de son père Chasseau et de sa mère Chasselle.

UN JOUR DE NEIGE

Dodo était un gros bébé qu'étonnaient les plus petites choses, et à plus forte raison les phénomènes de la nature. Il n'avait sur le monde que des notions de fantaisie; son grand-père se chargeait de lui fournir des explications à sa portée, qu'il acceptait avec une foi naïve. Il croyait tout de grand-père, et grand-père en abusait quelquefois pour le mystifier.

Un matin, en se réveillant, Dodo entendit son frère et sa sœur crier avec enthousiasme :

« La neige ! la neige ! »

Et tous deux se haussaient sur la pointe des pieds pour regarder dans la rue, et ils disaient :

« En est-il tombé ! Que c'est beau ! Comme nous allons nous amuser ! »

Dodo fut électrisé par leur accent, et conçut de cette neige encore inconnue pour lui une très haute opinion.

« Maman, veux me lever, veux voir la neige ! cria-t-il.

— Il fait un froid de loup, répondit la mère ; tu es bien mieux dans ton berceau. Restes-y encore. »

Il faut dire que la maman, ayant fort à faire, était bien aise de laisser Dodo dans son lit le plus possible. Cela se comprend.

Dodo avait des yeux bleus très doux, très limpides, deux miroirs d'une âme sans malice ; un drôle de petit nez retroussé, une figure épanouie, heureuse.

Malgré cet air de bonne pâte, c'était un petit tyran qui faisait tout ce qu'il voulait de sa mère. Il pleurnicha tant et si bien que celle-ci vint l'habiller.

Elle lui croisa un châle autour de la taille, lui mit un bonnet de laine, et dit :

« Maintenant, viens voir la neige. »

Sous la porte cochère, le grand-père, un balai à la main, s'apprêtait à tracer un chemin dans la neige éblouissante.

Les deux autres enfants, Michel et Denise, contemplaient déjà ce blanc tapis, qui leur promettait tant de plaisir : boules de neige, bonshommes et glissades.

Dodo, tout ébaubi, regardait en silence la place blanche et les toits poudrés.

Mère et grand-père s'amusaient de son étonnement.

Enfin une question se fit jour, révélant le péché mignon de Dodo.

« C'est bon, la neige? »

Le grand-père cligna malicieusement de l'œil du côté de Michel et de Denise, et répondit :

« Je crois bien que c'est bon, c'est du sucre en poudre extra-fin, qui vient en droite ligne du ciel ! »

Dodo se pourlécha les lèvres, en regardant avec une plus grande admiration encore cette place et ces toits couverts de sucre.

La mère, prévoyant les suites funestes de la plaisanterie du grand-père, se hâta d'ajouter :

« Oui, mais faut pas toucher, c'est défendu.

— Faut pas toucher, répéta tristement Dodo, qui croyait pouvoir puiser à pleines mains dans ce trésor tombé du ciel.

— Non, continua le grand-père; Camourlot, l'épicier du coin, dont tu connais les sucres d'orge, a retenu toute la récolte, et, ma foi, il a été bien avisé, car elle est belle cette année. Si tu prenais seulement du sucre plein ta main, mon pauvre Dodo, il te ferait mettre en prison, et par ce temps

la prison est dure. Ah ! c'est un terrible homme que Camourlot ; il ne plaisante jamais. »

Dodo poussa un gros soupir de désappointement.

« Console-toi, reprit la mère en souriant ; si tu as été bien
sage toute la journée, ce soir je te mettrai du sucre dans ta
soupe. »

Dodo revint à regret dans la chambre où le poêle commençait à répandre une douce chaleur.

Son frère et sa sœur prirent leurs livres, et s'en allèrent à
l'école avec beaucoup plus d'empressement que de coutume.

Dodo resta pensif. Ses jouets ne l'amusaient plus ; il rêvait
à cette profusion de sucre qui appartenait à l'heureux M. Camourlot, possesseur déjà de tant d'autres bonnes choses !

Au moins, s'il avait pu se régaler de ce beau sucre par la
vue, mais il était trop petit pour atteindre à la fenêtre ; il
avait encore besoin de manger de la soupe, bien qu'il en eût
englouti déjà de fameuses assiettées : car il savait que la soupe
fait grandir les petits enfants. Dodo avait l'ambition de devenir tambour-major, ni plus ni moins.

On lui avait dit aussi que le sucre fait tomber les dents ;
mais, à cet égard, il se montrait déjà très sceptique.

Sa maman lui avait défendu de sortir de la chambre, et
surtout d'aller sous la porte cochère. Cependant Dodo, dès
qu'elle eut les talons tournés, s'empressa de descendre sous
la porte. Là il se pencha, et regarda sournoisement du côté
de l'épicier. M. Camourlot se trouvait justement sur le seuil
de sa boutique ; il montait la garde un martinet sous son bras,
en promenant autour de la place un regard inquisiteur et
menaçant qui fit pâlir Dodo. Il pensa naturellement que l'épicier gardait ainsi sa récolte de sucre.

« Que fais-tu là, Dodo ? »

C'était la voix goguenarde du grand-père derrière lui.

« Rien, grand-père, répliqua Dodo en croisant ses petites
mains d'un air innocent.

FAUT PAS TOUCHER, C'EST DÉFENDU.

— Hein, mon gaillard, tu considères le sucre de Camourlot? Ah! s'il te voyait, tu ne serais pas en sûreté
ici. »

Dodo, ayant manqué son expédition, remonta tristement
dans la chambre, où de dépit il acheva de briser un polichi-
nelle invalide. A cet acte d'injuste vengeance succéda le sommeil; il avait conservé l'excellente habitude de dormir un peu
l'après-midi, au grand contentement de sa mère. Son sommeil fut embelli par un rêve aimable.

Il vit des anges vêtus de blanc, avec de grandes ailes
bleues, râpant sur des râpes d'or le sucre qui couvrait la
terre. Cette fois, la récolte entière appartenait à Dodo, et,
dame, il s'en donnait! Il nageait dans les délices.

Il s'éveilla sur les quatre heures. Il était seul dans la
chambre. Sa mère, pendant son sommeil, s'était absentée un
moment.

Dodo profita de cette absence pour descendre de nouveau
sous la porte cochère. Il avança prudemment son petit nez
dehors, pour voir si le terrible épicier était toujours en fac-
tion. Personne! Et cependant la nuit, favorable aux malfaiteurs, commençait à tomber sur la terre. On allumait le gaz
dans la boutique de l'épicier. Les bonbons anglais multico-
lores, les sucres d'orge blancs et rouges, luisaient dans les
bocaux transparents. M. Camourlot était à sa caisse, les yeux
baissés sur un grand livre; les garçons tous occupés à servir.
Occasion unique pour Dodo.

Sans s'attarder à goûter le sucre, dont il ne suspectait pas
la qualité, vu sa céleste origine, il en prit à pleines mains, et
en emplit les poches de sa robe et de son tablier.

A ce moment, la mère appela :

« Dodo! »

Et Dodo répondit, de sa voix la plus câline, en s'empressant
de remonter :

« Me voici, maman.

— Que faisais-tu sous la porte, Dodo ? Je t'avais défendu de descendre. »

Le petit scélérat prit un air contrit.

« Le ferai plus, maman.

— Pourquoi tes mains sont-elles mouillées ?

— Sais pas, maman.

— Si vous ne le savez pas, monsieur Dodo, je le sais, moi, et je crains bien que vous n'ayez pas de sucre ce soir dans votre soupe. »

Et la maman le laissa à ses réflexions.

Dodo était fort inquiet, et n'osait goûter au fruit de son larcin ; il se contentait de caresser ses poches.

Tout à coup, sous la porte cochère, retentit une voix irritée, et Dodo reconnut avec terreur la voix de l'épicier. Il se sentit perdu.

M. Camourlot criait :

« Je vous dis que c'est lui, madame ; je l'ai vu de mes propres yeux, j'en suis sûr. Si je l'attrape, je lui tirerai les oreilles. »

Et la maman répondait :

« Il sera puni, je vous en réponds, monsieur Camourlot. Je vous payerai le dommage.

— C'est trois francs.

— Ah ! le mauvais sujet ! »

Puis les éclats de voix de M. Camourlot s'apaisèrent.

Dodo entendit les pas de sa maman retentir dans l'escalier.

Pelotonné dans un coin sombre, près du poêle, il se faisait le plus petit possible. Mais sa maman ne fit aucune attention à lui.

Presque aussitôt Michel rentra. Sa mère vint avec empressement à sa rencontre, et le salua d'une paire de calottes, qui ne parurent point le surprendre.

« Ah ! c'est comme ça, mauvais sujet, que vous cassez les vitres de M. Camourlot ! Je vous apprendrai, moi ! »

Nouvelles calottes.

« C'est pas ma faute, pleurnicha Michel. Je lançais une boule de neige à l'un de mes camarades ; elle est allée frapper les vitres de M. Camourlot.

— Il t'a bien vu, tu visais ses carreaux, et tu faisais exprès des boules de neige très dures. Prenez un morceau de pain, monsieur, et allez vous coucher. »

Michel obéit en pleurant.

Dans son coin, Dodo respirait plus à l'aise. Longtemps il demeura immobile.

La maman avait mis le couvert. Le père, le grand-père et Denise prirent place autour de la table.

« Dodo, viens manger ta soupe, » dit la mère.

Il vint sans empressement.

« Eh bien, te voilà joli ! » s'écria-t-elle.

A la chaleur du poêle, la neige avait fondu dans les poches de Dodo. Son tablier était à tordre ; sa robe aussi était trempée.

Qu'il était pitoyable, le pauvre Dodo ! Comme il baissait la tête avec confusion !

Qui rit de son aventure à s'en tenir les côtes, ce fut le malin grand-père.

Comme il était vraiment trop tard pour faire une nouvelle toilette à Dodo, il fut mis au lit et tint compagnie à Michel.

Ainsi finit ce jour de neige qui promettait tant de plaisir aux enfants.

LA MAISON DE KASPERL

Les parents, les amis, les voisins de Kasperl trouvaient qu'il avait bien de la chance, parce qu'il avait prospéré en ne ménageant point ses bras. Lui, il disait avec reconnaissance : « Le bon Dieu a béni mon travail. »

Vous n'avez qu'un seul billet de loterie, et vous gagnez le gros lot, voilà qui s'appelle de la « chance » ; à force de travail, vous parvenez à élever vos enfants, peut-on dire encore que c'est de la chance ?

Kasperl était un garçon qui avait pour tout bien, à son début dans la vie, son honnêteté et ses bras, mais ses bras étaient solidement attachés à ses épaules, ils étaient forts, nerveux et adroits ; c'étaient de fameux outils.

Roschen était une jeune fille qui avait pour tout bien son honnêteté, sa jolie figure et puis... rien. Kasperl l'épousa. Cette fois, parents, amis, voisins ne crièrent pas: « Qu'il a de la chance, Kasperl, qu'il a de la chance! » Au contraire, on trouva que c'était un grand nigaud de se mettre dans la misère pour débuter. Il laissa dire, ayant confiance.

Le ménage Kasperl prospéra, et voici comment tout d'abord : une petite Margredel vint au monde, un petit Wilhelm suivit, puis une Rosalie, puis un Simon, puis une Catherine, puis un Karl. Après Karl on peut mettre un point, et dire, c'est tout.

Depuis le premier jusqu'au dernier, c'étaient de beaux enfants, qui faisaient vraiment honneur à Kasperl et à Roschen.

Kasperl était heureux d'avoir de bons bras pour nourrir tout ce monde. Heureusement l'ouvrage ne lui manquait pas ; c'était le meilleur ouvrier charpentier du pays.

A force de travail et d'économie, il avait pu se bâtir une petite maison, se fabriquer quelques meubles, et s'acheter un lopin de terre, où les choux venaient à plaisir.

C'est alors que les parents, les amis, les voisins, voyant cette fortune extraordinaire, se mirent à répéter sur différents tons : « Kasperl a bien de la chance ; qu'il a de la chance, Kasperl ! » absolument comme si sa maison était sortie de terre toute meublée.

Le brave ouvrier était fier et courageux ; il n'aimait pas à se plaindre. Aux jours difficiles des débuts de son ménage, il n'était pas allé conter ses privations aux voisins, et lorsque le poids d'une trop longue journée de travail pesait sur ses épaules, que ses bras étaient endoloris, il ne s'en vantait pas non plus. Aussi croyait-on que les alouettes lui tombaient du ciel toutes rôties. En ce monde, il faut toujours battre de la grosse caisse et publier ses mérites à son de trompe, pour que les gens les aperçoivent. On les assourdit souvent pour rien.

On ne peut se figurer comme Kasperl aimait sa maison. Il la considérait avec attendrissement, il la trouvait plus à son gré que les châteaux des environs, quoique grossièrement construite. Elle lui disait tant de choses !

S'il rentrait fatigué de sa journée, du plus loin qu'il apercevait son toit, la force lui revenait dans les jambes. La maison lui chantait une chanson, elle lui disait :

« Sous mon toit, bâti par tes mains, Kasperl, s'abrite une belle et heureuse famille qui t'attend.

« Autour de la table, taillée par tes mains, Kasperl, se réunit une belle et heureuse famille qui t'attend.

« Sous mon toit bâti par tes mains, Kasperl, après la rude journée, tu vas prendre un bienfaisant repos. »

Et Kasperl, pressant le pas, se hâtait vers ce toit qui l'appelait avec tant de douceur et de force.

Avait-il de la chance, Kasperl! Et encore il avait mis de côté quelques sous pour les mauvais jours. Les mauvais jours sont pour l'ouvrier la maladie, le manque d'ouvrage; Kasperl n'attendait pas ceux qui vinrent. La guerre avec ses destructions de toutes sortes, ce fléau qui fauche les hommes, détruit les moissons, renverse les toits, même ceux qui chantent de douces chansons, éclata tout à coup, et l'ennemi envahit rapidement la France.

On se battit dans les rues du village de Kasperl. Les maisons furent criblées de mitraille, les vergers saccagés; les récoltes flambèrent dans les granges.

Kasperl s'était réfugié dans les champs avec sa famille, en emportant sur ses épaules le berceau de son dernier-né.

Au bruit de la fusillade, des éclairs s'allumaient dans les yeux de Kasperl; la mère, comprenant ce qui s'agitait dans son âme, avait dit aux enfants : « Entourez bien votre père. » Et ils se pressaient contre lui, et ils s'attachaient à ses bras, à ses genoux, et faisaient pour ainsi dire partie de lui-même.

A l'horizon, la rougeur du ciel disait assez que le village était en feu.

« A cette heure, mes enfants n'ont plus d'abri, » pensait Kasperl, et, le Français l'emportant sur le père : « Si seulement nous étions vainqueurs à ce prix! »

Lorsque l'ennemi se fut éloigné, toute la famille revint au village. Le père marchait fiévreusement en avant. Il avait hâte de connaître toute l'étendue de son malheur. Sa maison était encore debout, mais c'était une masure prête à s'effondrer, elle prenait jour de toutes parts. En moins d'une heure, la guerre avait fait son œuvre de destruction.

Au dedans, un désordre affreux; les meubles brisés, hachés, jonchaient la terre. Hélas! la grande table si solide, si bien ajustée, qui réunissait toute la famille aux heures des repas, n'était plus que débris. Kasperl eut une larme dans les yeux. Roschen sanglotait en découvrant à chaque pas de nouvelles ruines.

Le jardin était complètement dévasté, la terre était piétinée et dure comme le sol de l'aire où les fléaux battent les moissons.

La pauvre famille n'avait sauvé du désastre que le berceau de Karl, et celui-ci, dans la chambre délabrée, frais et reposé, tendait les bras à sa mère, en lui riant comme aux jours heureux.

Margredel, l'aînée de la famille, qui commençait à comprendre les choses, pleurait, la tête cachée dans ses mains, sans vouloir regarder un oiseau que Wilhelm avait retrouvé vivant dans sa cage. Il semblait, à voir la joie du petit garçon, qu'il eût découvert un trésor !

Le gros Simon, harassé de fatigue, dormait appuyé contre sa mère, seul oreiller qui restât aux enfants.

Rosalie admirait les gentillesses de Karl à son réveil avec un air de petite maman.

Catherine, l'avant-dernière, haute comme une botte, debout devant son père, essayait d'attirer son attention, mais en vain.

Le père, au milieu de ces ruines, plongeait dans l'avenir un regard sombre.

Ses bras lui restaient, et ils étaient encore solides ; avec le temps, il pouvait rebâtir sa maison, refaire des meubles, mais lui, l'homme courageux, ne se sentait point remonté par cette pensée. C'était pour lui comme un rêve qui ne doit pas se réaliser.

Le soir, toute la famille se retira dans le coin le moins délabré pour passer la nuit ; Kasperl avait essayé de fermer les trous les plus béants de son toit. Au milieu des décombres, les enfants trouvèrent le sommeil, mais il fut impossible au père de fermer l'œil.

LA GUERRE AVAIT FAIT SON ŒUVRE.

La guerre avait taillé de l'ouvrage aux ouvriers dans le village. Tous ceux qui avaient de l'argent se hâtèrent de faire relever ou réparer leurs demeures.

Kasperl travaillait aux maisons des autres, et ne touchait pas à la sienne.

Et Roschen, impatiente, lui disait :

« Tu ne songes pas, Kasperl, à refaire la maison ?

— Non, Roschen. Vois-tu, je ne puis m'y mettre tant que l'ennemi est en France ; je croirais travailler pour le roi de Prusse. En ce moment je n'ai pas de cœur à l'ouvrage. Après la guerre ! »

Un jour on apprit que la *paix* était signée, puisque c'est ainsi qu'on appelle de douloureux traités, qui sont loin d'apporter la paix aux peuples.

En apprenant les conditions du traité, Kasperl versa des larmes brûlantes, car il était fier d'appartenir à la France.

Quelque temps après, sa femme lui rappela sa promesse.

« Eh bien, Kasperl, maintenant que la guerre est finie, tu vas réparer la maison, n'est-ce pas ?

— Oui, » répondit brièvement Kasperl.

Il se mit en effet à l'ouvrage, mais ses bras avaient perdu leur ancienne vigueur, et il travaillait avec mollesse. Il posait une pierre par-ci, une pierre par-là ; au train dont il allait, les réparations auraient bien duré vingt ans. Ah ! ce n'était plus comme au temps où il bâtissait, la chanson aux lèvres, l'espérance au cœur.

Et les enfants, intimidés par son air morne, n'osaient se réjouir tout haut de voir réparer la maison tant aimée. On en parlait tout bas avec la mère.

Celle-ci voyait ce qu'il en était, et ne fut pas surprise le jour où Kasperl lui dit :

« Roschen, la maison n'avance pas, et je vois bien que je ne fais rien qui vaille. Je ne suis pas plus gai que si je bâtissais notre tombeau à tous. A chaque pierre que je pose, je me dis : « Voilà qui me sépare pour toujours de la France, moi et mes enfants. » Aussi tu comprends pourquoi ma main est si lourde? Faisons un sacrifice, Roschen ; avec nos quelques sous d'économie, allons chercher du travail en France. Tu pleures, ma pauvre femme... Il nous sera bien dur d'abandonner notre lopin de terre, mais pense donc quelle serait notre douleur si nous voyions un jour nos trois garçons porter les armes contre la France. »

Roschen essuya ses yeux et dit simplement :

« Nous partirons, Kasperl! »

Ils partirent, et vinrent à Paris. Grâce à son titre d'Alsacien, Kasperl fut bien accueilli et trouva facilement de l'ouvrage.

Le changement de vie fut complet pour la famille : habitudes nouvelles, chambres étroites, étage élevé, toutes choses pénibles pour les habitants du village.

Si parfois Roschen et Kasperl songent avec une tristesse amère à la maison d'Alsace, au morceau de terre où les choux venaient à plaisir, ils se consolent à l'idée qu'en sacrifiant tout cela ils ont conservé à leur pays trois bons Français.

SŒURETTE

Le maréchal ferrant Lemaître était d'un caractère sombre et violent, et il jurait quelquefois à faire trembler les vitres, sa femme, ses enfants et son apprenti. Alors il avait une figure terrible; mais, après tout, il n'était pas aussi mauvais diable qu'il en avait l'air, seulement il fallait savoir le prendre, et sa femme, à la fois très douce et très intelligente, en avait découvert le secret. Une bonne parole pouvait abattre la colère de ce brutal, et même le faire pleurer comme un enfant.

Une bouteille de vin suffisait pour mettre le maréchal ferrant en fureur, et il n'avait pas assez d'empire sur lui-même pour ne pas la boire jusqu'au fond où se trouvait le poison qui lui faisait perdre la tête.

Heureusement, n'étant pas trop sociable, il n'allait guère au cabaret, où il aurait eu des querelles; il buvait chez lui.

Le soir, après souper, il gardait la bouteille, et il la vidait lentement, les deux coudes sur la table, et lentement aussi les fumées de l'ivresse montaient à son cerveau et le troublaient.

Sans aigres réflexions, sans criailleries, qui l'auraient exaspéré, sa femme s'ingéniait à l'empêcher d'achever la bouteille, et elle réussissait sept ou huit fois sur dix à peu près. C'était déjà un beau triomphe.

Lemaître avait trois enfants, deux garçons et une fille. Julien et Claude tremblaient devant leur père, dont ils recevaient plus de taloches que de caresses, et il leur inspirait plus de crainte que d'affection. Ils l'embrassaient à la nouvelle année, en lui débitant un compliment menteur, écrit à l'école, et où les mots *reconnaissance, amour*, aussi bien moulés en anglaise que mal gravés dans leur cœur, revenaient presque à chaque phrase.

Sauf ce jour-là, ils s'abstenaient d'affectueuses démonstrations. Menés très sévèrement par leur père, ils n'osaient bouger en sa présence, ni même élever la voix ; mais loin de ses yeux ils se rattrapaient joliment de cette contrainte, qui coûtait tant à leur nature turbulente, et le maître d'école en savait quelque chose ! Ils dissipaient souvent la classe.

Y avait-il du tapage quelque part dans le village, les deux garçons ne manquaient pas d'y courir. A l'époque du tirage au sort, ils suivaient la troupe des conscrits, et chantaient avec eux. On entendait par-dessus toutes les autres la voix de jeune coq enroué de Julien. Claude chantait faux, mais de toute son âme, les chants patriotiques.

Ces deux tapageurs, comme les chiens hargneux, revenaient souvent au logis les oreilles déchirées et les yeux pochés. Le père, qui exigeait une tranquillité parfaite à la maison, ne s'inquiétait pas du tout de leur conduite au dehors, et tout le souci en revenait à la mère, qui passait son temps, la pauvre femme, à combattre la passion de son mari, à exhorter ses fils à être de bons sujets, et à leur épargner de rudes corrections paternelles.

Il n'y avait que sa fille, la petite Jeanne, qui lui fît goûter un bonheur maternel sans mélange. Jeanne était d'une nature affectueuse, douce et tranquille. A six ans, elle était déjà sérieuse et discrète, et lorsque sa mère pleurait devant elle, elle lui gardait le secret de ses larmes, qu'elle essuyait avec des baisers.

Jeanne était la préférée du terrible maréchal ferrant, et n'avait jamais reçu de lui seulement une chiquenaude ; aussi osait-elle grimper sur ses genoux, et le caresser, mais elle se trouvait mieux encore sur le cœur de sa mère, elle s'y blottissait avec plus de confiance. Dès que son père élevait la voix, elle allait se cacher dans un coin, et mettait ses petites mains sur ses oreilles. Comme sa mère, elle aimait déjà, entre toutes choses, le calme du foyer, et c'était comme une petite colombe de paix que Dieu avait envoyée dans cette maison souvent troublée.

Julien et Claude aimaient beaucoup leur *sœurette*, comme ils l'appelaient, ce qui ne les empêchait pas de lui faire mille taquineries ; elle les supportait avec une douceur qui encourageait les deux diables, au lieu de les désarmer. Ils lui prenaient sa poupée, et la pendaient à un arbre du jardin, ou bien lui faisaient prendre une douche sous la pompe. D'autres fois, ils lui infligeaient d'abominables charivaris ; quand le père sortait le dimanche, ils s'emparaient vite d'une clarinette et d'un clairon découverts au grenier, et qui avaient sans doute appartenu à des musiciens ancêtres du maréchal ferrant ; ils parcouraient toute la maison en sonnant des charges guerrières, et s'ils trouvaient leur Sœurette tranquillement assise sur le pas de la porte avec sa poupée, ils ne la quittaient qu'après l'avoir assourdie.

Seulement, si d'autres qu'eux avaient eu l'audace d'ennuyer Jeanne, ils auraient eu affaire aux deux garçons. Si quelqu'un avait fait mine de lever la main sur elle, sans mesurer la taille de l'agresseur, ils se seraient jetés sur lui comme de petits lions. Il n'aurait pas fait bon toucher Sœurette seulement du bout du doigt.

Un jour, ils avaient presque lapidé un chien qui s'était permis d'effrayer Jeanne. Quoique très taquins, en somme, c'étaient d'excellents frères que Julien et Claude.

Jeanne avait à peine sept ans lorsque sa mère tomba malade, et prit le lit pour ne plus le quitter. Elle languit plusieurs mois avant de mourir.

Pendant ce temps, Jeanne devint une petite femme; elle soignait sa mère, l'entourait de mille attentions, et, en même temps, veillait aux choses de la maison.

« Écoute, ma petite Jeanne, lui dit un jour la malade, je veux te parler comme à une femme; tu es bien jeune, mais je sais que tu peux me comprendre. Ton père, que tu dois aimer, respecter, est bon, mais très emporté... surtout... surtout quand il boit un peu plus qu'à l'ordinaire. Il ne lui en faut pas beaucoup; une bouteille entière le rendrait capable de tout briser dans la maison. Quand je ne serai plus là, qui l'empêchera d'achever la bouteille commencée ? Ce sera toi, ma petite Jeanne. Lorsque tu verras que ton père remplit trop souvent son verre, tu éloigneras doucement la bouteille, comme je faisais, et puis tu grimperas sur ses genoux, tu le caresseras, tu causeras gentiment avec lui; et il ne pensera plus à boire... je l'espère. Ton père corrige aussi quelquefois trop durement ses fils; c'est toi qui les protègeras maintenant, je te les confie. Tu feras toutes ces choses, n'est-ce pas, ma petite fille ?

— Oui, maman, répondit Jeanne gravement, et elle ajouta tout inquiète :

— Où vas-tu donc aller, mère ?

— Vers le bon Dieu, dont je t'ai parlé si souvent.

— Tu ne veux donc plus rester avec nous ?

— Si, je le voudrais, ma petite fille, mais il faut que j'obéisse à Dieu, qui m'appelle, comme tu obéis à ton père sans murmurer, quand il veut te faire revenir dans la maison, tandis que tu resterais volontiers dehors. »

La mère s'aperçut que les yeux de Jeanne se remplissaient de pleurs; pour changer le cours de ses idées, elle l'envoya guetter le retour de Julien et de Claude, qui allaient rentrer de l'école.

Quand la petite fille fut sortie de la chambre, c'est la malade qui pleura. Une mère, lorsque ses enfants ont encore besoin d'elle, ne se résigne pas sans larmes à la volonté de Dieu qui l'appelle à lui.

Quelques jours plus tard, la femme du maréchal ferrant était conduite à sa dernière demeure ; elle était morte avec l'espérance que Jeanne entretiendrait la paix dans la maison.

Assez longtemps le père fut moins dur avec ses fils qui pleuraient leur mère, mais il reprit bientôt l'habitude .de boire après souper. La première fois, la pauvre Jeanne vit avec anxiété diminuer le contenu de la fatale bouteille ; le père devenait sombre, et elle n'osait la lui retirer. Cependant elle se souvint des dernières recommandations de sa mère, de ses promesses et, s'enhardissant, elle retira adroitement la bouteille, puis sauta sur les genoux de son père, et lui fit de ses bras, noués autour de son cou, une forte chaîne à défier toutes les tentations, et puis, elle lui conta sa journée de petite ménagère, le fit pleurer en lui parlant de la chère absente, et cette fois remporta la victoire. Sans doute la pauvre enfant ne fut pas toujours aussi heureuse.

Ses frères prirent l'habitude de lui conter leurs chagrins et de faire passer par sa bouche toutes leurs requêtes au père. Sœurette était le trait d'union entre eux et lui.

L'influence de Jeanne sur ses frères grandit avec les années. Assurément, ils n'écoutaient pas toujours ses bons conseils, et ils lui causaient quelquefois du chagrin ; elle leur pardonnait comme pardonne une mère.

Julien prit le métier du père, parce que celui-ci avait décidé, de longue date que son fils aîné lui succéderait. Julien n'était pas ravi de rester sous l'œil et sous le commandement du père, et il enviait le sort de Claude, qui travaillait hors de la maison.

Le maréchal ferrant tint ses deux fils assez à court d'argent pendant leur apprentissage, et Julien, qui commençait à de-

ILS LUI INFLIGEAIENT D'ABOMINABLES CHARIVARIS.

venir un jeune homme, souffrait tous les jours davantage de porter, le dimanche, les vêtements rallongés et raccommodés par Jeanne. Les jours de fête, il eût été bien aise d'être plus faraud, et il en faisait confidence à Jeanne :

« Dis donc, Sœurette, est-ce que tu ne pourrais pas dire au père que j'ai besoin d'une veste neuve pour la fête ? »

Généralement, le père accueillait mal les requêtes de ce genre.

« Bon ! il n'y a pas si longtemps que j'ai acheté une veste à Julien ; elle doit être encore bonne, il n'aura rien. D'ailleurs, il peut aller en blouse ; à son âge, je ne portais pas autre chose, et je n'ai pas besoin d'un *monsieur* pour apprenti. »

Jeanne rapportait cette réponse à Julien tout déconfit. Cependant elle lui laissait une demi-espérance, en lui disant avec un sourire mystérieux :

« Peut-être trouverons-nous tout de même le moyen de t'habiller de neuf. »

Quelque temps après, Jeanne disait au maréchal ferrant :

« On s'aperçoit que la fête approche. Mme Tardeau a reçu des étoffes nouvelles, et me les a montrées ce matin. Si tu savais, père, comme elles sont jolies ! »

Il répondait avec bonne humeur :

« Je te vois venir, petite fille ; tu serais bien aise d'avoir une robe neuve. Un brin de coquetterie est tout naturel à ton âge, et tu sais que je suis toujours content de te voir belle. Achète donc la robe qui te plaira, et aussi une coiffe si cela te fait plaisir. »

Et Jeanne, toute joyeuse, recevait l'argent pour ces deux acquisitions.

La veille de la fête, quand Julien et Claude montèrent dans leur chambre pour se coucher, chacun d'eux trouva étalées sur son lit une veste neuve et une belle cravate bien voyante, capable d'éclipser les plus farauds du pays.

Sœurette, qui était montée à pas de loup sur leurs talons,

jouissait de leur surprise par l'entre-bâillement de la porte.

Bien entendu, Jeanne n'avait acheté ni robe ni coiffe. Heureusement, le père ne s'apercevait de rien, car il ne faisait pas de différence entre une vieille robe et une neuve, et il était facile de le tromper à cet égard.

Jeanne fut demandée de bonne heure en mariage par un brave garçon qui connaissait bien toutes ses précieuses qualités, et auquel les jolis yeux noirs et la fraîcheur de Sœurette ne déplaisaient pas non plus. Ce mariage eût été avantageux pour elle, et son cœur y inclinait plus encore que sa raison, mais sa tâche n'était pas achevée ; son père et ses frères avaient encore besoin d'elle ; elle fit le sacrifice de son inclination.

Le brave garçon qui l'avait demandée l'aimait assez pour l'attendre plusieurs années, et, bien mieux, pour consentir, en l'épousant, à prendre chez lui le père dont elle ne voulait point se séparer.

Julien et Claude, mariés avant leur sœur, avaient conservé l'habitude de la consulter sur toutes choses, et c'était touchant de les voir, quoique pères de famille, lui demander conseil comme des fils respectueux. « Faut-il faire ceci ? faut-il faire cela ? qu'en penses-tu, Sœurette ? » disaient-ils toujours.

Jeanne est heureuse ; elle a plusieurs enfants d'une robuste santé, et par cela même un peu turbulents, mais ils aiment trop leur mère pour lui causer jamais de gros chagrins. Parmi les enfants, le plus difficile à conduire est encore l'ancien maréchal ferrant, mais les mioches sont dressés à prendre ses genoux d'assaut après souper, à le captiver tellement par leurs gentillesses, qu'il oublie maintenant neuf fois sur dix d'achever la bouteille.

LE RÊVE D'UNE SERVANTE

« Denise !

— Ma mère ?

— Voilà que tu cours sur tes quatorze ans ; tu es grande et forte, tu pourrais te placer. Hier, en allant porter nos lapins au marché, j'ai rencontré Mme Briche, la fruitière, qui a justement besoin d'une petite servante. Elle m'a dit : « Si votre Denise veut entrer chez moi, je lui donnerai pour commencer la nourriture, le coucher, une paire de souliers par an et une jupe pour la fête de la ville. » Et j'ai répondu comme ça : « Je ne dis pas non, madame Briche ; mais il faut que j'en parle au père.

— Et tu lui en as parlé ?

— Oui. Il pense, comme moi, qu'il faut te placer. C'est quelque chose, la nourriture ; ce n'est pas pour te le reprocher, Denise, mais tu tailles un bon morceau à la miche, et nous avons bien de la peine à vous nourrir tous, tu le sais. Et puis, pense donc comme tu seras brave avec ta jupe et tes souliers, toi qui n'as jamais porté que des sabots et qui allais le plus souvent nu-pieds. Je vais faire écrire à Mme Briche qu'elle peut compter sur toi, n'est-ce pas, Denise ?

— Oui, mère, puisque tu penses que c'est bien. »

Et elle ajouta le cœur gonflé :

« Je ne vous verrai pas souvent.

— Tu nous enverras de tes nouvelles par les occasions et

nous de même. Tu me verras quand j'irai porter nos lapins
au marché, et toi, tu viendras ici pour la fête, et c'est alors
que tu seras contente de te montrer aux autres avec ta jupe
et tes souliers. »

Denise baissait tristement la tête.

« J'aurais préféré me louer ici. Je n'aime pas la ville.

— Le travail des champs est trop rude, et d'ailleurs il ne te
mènerait à rien ; c'est à la ville qu'on gagne de l'argent. Il
ne te déplairait pas sans doute d'être un jour une jolie
petite femme de chambre en bonnet à rubans, en tablier
brodé comme Marie, ou une grosse cuisinière comme Julienne ? Quand je pense qu'elles n'avaient rien de rien ici,
et qu'elles ont maintenant toutes les deux des montres et
des boucles d'oreilles en or. »

Mais Denise n'était nullement éblouie par cette fortune
extraordinaire, ni par l'embonpoint de Julienne, partie du
village maigre comme un clou.

Denise, pour cacher ses larmes à sa mère, s'enfuit de la
chambre, et s'en alla pleurer librement au grenier, blottie
dans un tas de foin. Que regrettait-elle ? La misère en famille,
sans doute. Dès l'âge de sept ans, Denise, l'aînée de cinq
enfants, rendait des services dans la maison et soignait les
marmots ; elle était née servante. De plus, ses parents, élevés,
eux aussi, à la rude école de la misère, n'étaient pas trop
tendres, et elle avait reçu d'eux plus de horions que de caresses. Voilà quelle avait été sa vie jusqu'à ce jour, où l'avenir s'ouvrait devant elle avec le brillant espoir de devenir une
jolie petite femme de chambre comme Marie, ou une grosse
cuisinière comme Julienne.

Denise vénérait ses parents, malgré leur rudesse ; elle s'était
attachée à ses frères et sœurs par toutes les fatigues préma-
turées qu'elle avait supportées pour eux, et puis son âme
tenait au sol natal. Elle avait un sentiment confus des beautés
de la nature ; elle aimait les frais matins, les prairies trempées

de rosée, la rentrée des troupeaux le soir, la lente tombée
de la nuit sur les champs.

Elle était heureuse lorsqu'on l'envoyait couper de l'herbe
le long des routes pour les lapins, ou cueillir de la salade dans
les prés avec la troupe des marmots. La tâche finie, ils s'as-
seyaient tous à l'ombre d'une haie, et faisaient un succulent
goûter de mûres. Il n'en coûtait rien de s'en barbouiller
jusqu'aux yeux.

L'hiver, Denise allait, seule, faire des fagots dans les bois,
et rapportait la charge d'une femme. Elle était bien précieuse
à la maison; mais maintenant la seconde fille pouvait la remplacer, il fallait lui céder la place.

Dès le lendemain, Denise partit pour la ville; tout son
trousseau tenait dans un mouchoir à carreaux du père : c'est
dire qu'il n'était pas lourd. Sa mère voulut l'accompagner,
et elles partirent toutes deux à pied, par une route où le
soleil tombait d'aplomb; les noyers étendaient en vain leurs
branches aux feuilles grillées pour abriter les piétons. Enfin
le bienveillant propriétaire d'une carriole eut pitié des voya-
geuses, les recueillit dans sa voiture, et les déposa devant la
porte même de la fruitière.

La rue étroite, la boutique sombre, serrèrent le cœur de
Denise; à cette vue, elle se sentait déjà prise du mal du pays.

Mme Briche fut enchantée de la bonne mine de sa petite
servante, et assura la mère que sa fille ne se fatiguerait pas
chez elle; elle s'occuperait *un peu* des enfants, elle laverait
un peu, elle l'aiderait *un peu* à la boutique, elle ferait *un peu*
le ménage.

La fruitière disait vrai; mais *un peu* de toutes ces choses,
de cinq heures du matin à neuf heures du soir, faisait à la
fin du jour une jolie somme de fatigues additionnées, et
Denise tombait rompue, le soir, sur le lit qu'elle occupait
dans une soupente, au-dessus de la boutique. Elle n'avait
même pas son dimanche pour retremper son âme en l'éle-

vant vers Dieu, et trouver dans un repos salutaire de nouvelles forces pour résister à la fatigue. Denise faisait donc
l'ouvrage d'une vraie servante ; mais, à cause de son âge, sa
maîtresse trouvait bon de ne pas la payer comme une femme,
et encore rognait-elle sur sa nourriture. Mais la forte plante
des champs poussait quand même.

La jupe promise ne fut ni longue ni large, et quant aux
souliers, qui étaient de rencontre, ils blessèrent les pieds de
Denise.

Il est singulier que les maîtres comme Mme Briche trouvent souvent d'excellents serviteurs qui s'attachent à eux.

Denise, résignée à son sort, ne songeait point à changer
de place ; d'ailleurs, les enfants la retenaient, sans doute
parce qu'ils étaient très fatigants, et que le dernier, un
énorme bébé, qui ne marchait encore qu'à quatre pattes,
l'écrasait de son poids et lui faisait dévier la taille.

Une fois par an seulement, pour la fête de son village,
Denise avait une journée entière de liberté, et retournait
chez elle. C'était après Pâques, au moment où les arbres sont
nouvellement feuillés ; toute l'année, elle avait rêvé de sentiers verts, de promenades à travers champs ; mais sa mère
tenait à la promener sur la place, au milieu des boutiques, à
cause de sa jupe et de ses souliers, et Denise n'eût voulu
pour rien au monde contrarier sa mère. C'était une de ces
natures parfaites qui se sacrifient avec tant de bonne grâce
qu'on ne leur tient aucun compte de leurs sacrifices.

Quand Denise eut atteint sa seizième année, elle s'aperçut
enfin qu'elle était bien niaise de travailler comme une femme
pour être payée comme une enfant. Elle réclama des gages,
mit le marché en main à la fruitière, et celle-ci, ne voulant
pas perdre un si précieux service, se détermina, non sans
peine, à la payer plus cher. Elle n'y aurait jamais songé
d'elle-même, car sa conscience criait toujours moins fort que
son intérêt.

Au lieu d'employer en parure l'argent de ses gages ou de le placer pour se faire une petite dot, Denise l'envoyait à sa famille. De loin, de près, elle lui était toujours utile.

Dans toute son année, Denise n'avait qu'un jour de liberté, celui où elle allait à la fête de son village, mais elle avait d'autres heures où, sans quitter la fruitière, elle échappait à sa condition par le rêve.

Souvent, quand elle était occupée à laver entre les quatre murs de la cour humide de Mme Briche, sans lever les yeux de son ouvrage, sans reposer ses mains actives, elle se voyait transportée dans une petite maison blanche, bâtie au bord d'une route plantée de noyers. La façade riait au soleil, une plate-bande fleurie s'étendait le long des fenêtres. Derrière la maison, un beau verger, où les arbres pliaient sous le poids des fruits, donnait aux chambres une fraîcheur délicieuse, et au bout du verger, entre les saules, on voyait couler la rivière bleue. C'est là qu'il faisait bon laver dans l'eau courante !

Et la maison était à Denise, et Denise n'était plus servante, elle ne travaillait plus pour les autres. Sur pied de bonne heure, elle ouvrait sa fenêtre au soleil levant, à l'air pur du matin, puis elle courait donner à manger aux poules; quelques-unes, plus familières, la suivaient jusque dans la maison, et mangeaient à ses pieds des grains qu'elle tenait toujours en réserve dans ses poches, pour ses préférées.

Dans son rêve, la jeune servante ne se croisait pas les bras, car du haut en bas sa maison brillait de propreté, et l'on se mirait dans les meubles luisants. Le linge dans les armoires était d'une blancheur éblouissante. Denise allait le laver dans l'eau courante de la rivière, et il séchait au soleil sur les haies voisines.

Ce rêve était une suite de tableaux paisibles, de travaux en plein air. Les larmes en venaient aux yeux de la pauvre servante.

ELLE DONNAIT A MANGER AUX POULES.

Mais Mme Briche interrompait ce beau rêve en criant de sa voix sèche :

« Denise, on dirait que vous dormez? Un peu plus vite, ma fille. Il y a de l'ouvrage qui vous attend par ici. »

A cette voix, la maison blanche, le verger ombreux, la rivière bleue disparaissaient, et Denise se retrouvait dans la cour humide de la fruitière, en train de laver du linge dans un étroit baquet.

Cette vision avait retrempé son courage, et pourtant il n'y avait nulle vraisemblance que Denise pût jamais posséder la moindre bicoque.

Toutes les fois que la mère de la servante apportait ses lapins au marché de la ville, elle allait voir sa fille. A l'une de ses visites, — Denise avait alors dix-huit ans, — elle lui dit :

« Tu dois être lasse d'être servante, et j'ai pensé que tu ne serais pas fâchée de te marier ; aussi je t'ai presque promise. Comme le jeune homme te convient, je crois que tu ne me feras pas manquer à ma promesse.

— Il est de notre village ? demanda Denise.

— Non, c'est un petit marchand d'ici. C'est parce qu'il te sait honnête fille et travailleuse qu'il voudrait t'épouser.

— J'aurais voulu me marier à la campagne, dit Denise.

— Ah ! dame, on ne choisit pas ! Si tu manques cette occasion, tu pourras bien rester servante toute ta vie. »

Mais Denise hésitait. Si son prétendant avait eu la moindre bicoque au milieu d'un verger, elle eût été vite décidée.

La mère dit au jeune homme ce qui rendait sa fille indécise, et il jura qu'il travaillerait si bien, économiserait tant, qu'au bout de quelques années ils pourraient tous deux se retirer à la campagne, acheter une petite maison, et vivre en cultivant leurs champs. C'était aussi son rêve, assurait-il.

Denise le crut et l'épousa. Enfin, elle n'était plus servante, pensait-elle, mais la pauvre enfant avait changé son cheval borgne contre un aveugle. Son mari était un tout petit marchand qui vendait de la poterie dans les rues. Il s'était dit : « Denise n'a rien, mais c'est une rude travailleuse qui me fera beaucoup d'ouvrage. »

A peine marié, il en prit à son aise, lui faisant traîner la charrette qui contenait ses marchandises, tandis que lui passait de longues heures au cabaret. Bientôt il la battit. Jamais Denise, même étant servante chez Mme Briche, n'avait été aussi fatiguée, aussi malheureuse. Elle avait épousé un dur maître et un ivrogne, et tout le gain s'en allait au cabaret.

Le temps passait, et l'ivrogne ne se corrigeait pas ; au contraire son défaut ne faisait que s'accroître. Sa soif était devenue inextinguible, un fleuve de vin n'aurait pu le désaltérer. La misère était grande dans le ménage, où grandissait un petit garçon, toute la consolation de Denise, mais la pauvre mère avait beau s'exténuer, c'est à peine si elle pouvait se nourrir, elle et son fils.

Quand l'enfant, qui s'appelait Étienne, eut à peu près l'âge où Denise était entrée en service, il voulut partir, gagner à son tour sa vie en allant colporter de menues marchandises dans les villages. Il était plein de courage et d'espérance.

« Tu verras, pauvre mère, disait-il à Denise, je travaillerai tant, que tu pourras te reposer dans ta vieillesse. Je le veux. »

Étienne ressemblait à sa mère, heureusement ; c'était une nature à la fois douce et forte.

Bientôt il envoya quelque argent, en cachette, à Denise ; c'était le premier fruit de son travail, elle pleura en le recevant.

De temps à autre, il venait lui faire une courte visite, il lui écrivait aussi ; elle relisait si souvent ses lettres qu'elle les savait presque par cœur.

Étienne était parti depuis dix ans, lorsque son père mourut consumé par l'alcool, et pleuré comme il le méritait.

Après la mort de son mari, Denise entra comme servante

dans une famille, c'était encore moins pénible que de traîner
une charrette dehors en toute saison et par tous les temps.
Les voisins, qui se mêlent toujours de ce qui ne les regarde
pas, disaient : « Son fils ne devrait pas la laisser travailler ; on
sait qu'il fait de bonnes affaires maintenant. »

En effet, Étienne avait étendu son commerce, et il avait une
voiture avec un âne pour conduire ses marchandises. Il écrivait souvent à sa mère, et parlait toujours du temps où elle
se reposerait, mais elle n'y croyait pas. Elle ne rêvait plus
avec l'espérance de la jeunesse, mais avec une sorte d'amertume, à la maison des champs. Elle n'espérait maintenant se
reposer que dans l'éternité.

Dix ans se passèrent encore, la mère et le fils travaillant
chacun de leur côté, mais un jour Étienne arriva plus joyeux
que de coutume. On eût dit qu'il allait annoncer quelque
chose d'extraordinaire à Denise, mais il lui dit simplement :

« Il faut que tes maîtres te donnent congé pour aujour-
d'hui ; tu désirais revoir ton village natal, nous irons ensemble. »

Denise avait perdu ses parents, mais ses frères et sœurs
s'étaient tous établis dans le village. Depuis son mariage, elle
ne les avait pas revus souvent.

Étienne fit monter sa mère dans sa petite voiture, et ils
furent bientôt hors de la ville, sur la route plantée de
noyers, où le soleil tombait d'aplomb comme le jour où la
petite servante avait quitté son village. Denise repassait dans
son esprit toute son humble vie, qui se résumait en trois
mots : travail, fatigue, courage.

Étienne la regardait avec vénération, avec attendrissement, et un sourire mystérieux se jouait sur ses lèvres.

Il arrêta sa petite voiture à l'entrée du village, devant une
maison nouvellement recrépie ; les festons verts d'une vigne
tranchaient sur sa blancheur éclatante.

Étienne descendit, prit une clef, ouvrit la porte à claire-

voie du jardinet, et dit en se tournant vers sa mère, toute
surprise :

« Viens-tu, mère?... »

Et comme elle le regardait de plus en plus étonnée :

« Viens, viens donc, j'ai la permission d'entrer. Quelqu'un
qui veut acheter une maison m'a prié de visiter celle-ci ; tu
me diras comment tu la trouves, il faut l'avis d'une femme.
C'est petit, mais assez plaisant. Voici deux chambres bien
gaies sur la route, elles reçoivent le soleil en plein. Là, deux
autres pièces plus fraîches sur le verger, qui donne beaucoup
de fruits ; au bout la rivière ; l'eau est claire, c'est un vrai
plaisir. Ici on peut mettre des lapins, des poules... »

Quand ils eurent tout visité, tout regardé plusieurs fois,
Étienne se mit en face de sa mère, et lui demanda :

« Voyons, cette maison te plaît-elle ? parle comme pour toi,
aimerais-tu à vivre ici ?

— Moi ? Seigneur Dieu, je crois bien ! Depuis plus de qua-
rante ans, je rêve d'une maison toute pareille à celle-ci. »

Étienne jeta son masque de faux visiteur, sa figure s'épa-
nouit, et il cria :

« La maison est à toi, chère maman ! Embrasse-moi, mais
ne me dis rien, parce que je suis tellement heureux d'avoir
pu réaliser ton rêve, qu'une parole un peu trop douce ferait,
pour sûr, éclater mon cœur ! »

TOMBEÉ DU CIEL

La mère Hercklé venait de prendre son panier pour aller au marché, et, avant de sortir, elle comptait son argent d'un air triste, en marmottant :

« Je n'aurai rien pour ce prix-là... on dit qu'elles sont chères. »

Elle descendit de sa chambre, et se rendit au marché.

Chaque année, le jour de Noël, la fille, le gendre, et les petits-enfants de madame Hercklé venaient dîner chez elle, et elle avait l'habitude de les régaler d'une oie. Pour l'acheter, elle se privait deux mois à l'avance de je ne sais combien de choses nécessaires, et deux mois à l'avance aussi, les petits-enfants se pourléchaient les lèvres en pensant au succulent dîner de la grand'mère, car ils ne mangeaient pas grand'chose de bon chez eux durant toute l'année.

Le marché était pourvu d'abondantes victuailles en l'honneur de la fête du lendemain, car on était à la veille de Noël. En passant dans une allée, la mère Hercklé se croisa avec un homme grand et fort maigre, qui se serre dans un léger paletot qui n'était plus de saison. En la coudoyant, il lui dit :

« Le froid se fait bien sentir ce matin, madame Hercklé!

— Oui, voisin Flize, répliqua-t-elle. Vous allez faire vos petites provisions avant d'entrer dans votre bureau?

— Vous avez raison de dire petites provisions, elles ne me pèseront pas beaucoup, je vous assure. La longue maladie de ma pauvre femme, les frais d'enterrement m'ont, non seulement dévoré mes économies, mais encore forcé à contracter des dettes. Et vous, voisine, vous allez faire vos emplettes pour recevoir vos enfants demain?

— Elles ne me pèseront pas non plus beaucoup cette année, fit-elle en soupirant.

— Ah! tant pis! Mais il faut que je me dépêche ou j'entrerai en retard au bureau. Bonjour, voisine. »

« Ce pauvre homme, pensa la vieille femme, avec commisération en le regardant s'éloigner, comme il est pâle, c'est une pitié! Si j'avais pu acheter une oie, je l'aurais invité à venir dîner avec nous demain, car il se nourrit bien mal depuis la mort de sa femme, et il est si triste! mais je vois bien que je ne pourrai pas acheter d'oie; c'est une horreur comme elles sont chères cette année! »

Quelques pas plus loin, elle s'entendit interpeller de nouveau.

« Madame Hercklé, vous n'avez pas vu ma bonne? »

La vieille femme se retourna, et se trouva en face d'une petite fille d'une dizaine d'années, élégamment vêtue, qui demeurait dans une belle maison, vis-à-vis de chez elle.

« Non, mademoiselle Émilie, répliqua-t-elle, je ne l'ai pas vue.

— Nous étions devant un marchand de poissons, il y avait beaucoup de monde, et tout à coup elle a disparu.

— Vous la retrouverez certainement bientôt; si vous voulez, nous allons la chercher ensemble, car ce n'est pas l'habitude que les petites demoiselles comme vous courent toutes seules.

— Non, et si maman le savait, elle ne serait pas contente, mais ce n'est pas ma faute, c'est celle de Victorine, qui ne fait jamais attention à moi.

— Ma petite-fille, qui n'a que sept ans, reprit la mère

Hercklé, s'en va seule à l'école, mais, elle, c'est tout différent et personne n'y trouve à redire.

— Vous avez une petite-fille, madame Hercklé?

— J'ai quatre petits-enfants, mademoiselle. Le gros dernier n'a que trois ans.

— Ils viennent souvent vous voir, vos petits-enfants?

— Pas si souvent que je le voudrais; ils demeurent tout au bout de la ville, à l'extrémité d'un faubourg. Ils viendront avec leurs parents dîner demain soir avec moi, mais je ne vais pas les régaler beaucoup cette année, les pauvres chérubins; ma bourse n'est pas assez garnie pour acheter une oie.

— Chez nous aussi, on mange toujours une oie le jour de Noël, l'oie traditionnelle, comme dit papa en riant; mais il y a bien d'autres choses avec, et on n'y touche guère.

— Je crois bien, dans les maisons comme les vôtres, ça ne régale guère, une oie! Ce n'est pas comme chez nous, les petits ouvrent des yeux quand je l'apporte sur la table, et tant qu'on la découpe, ils ne bougent pas plus que des statues, les pauvres chéris!

— J'aperçois Victorine, dit tout à coup la petite fille; elle est justement occupée à marchander une oie, et elle ajouta d'un air confidentiel : Maman aime bien à m'envoyer au marché avec Victorine, parce qu'elle fait danser l'anse du panier. »

Victorine tenait une oie par le cou, et la soupesait, tandis que le regard de la marchande avait l'air de lui dire :

« Hein? qu'en pensez-vous de celle-ci? » On voyait bien que Victorine, quoique disposée à la critique, n'y trouvait rien à redire. Aussi la marchande tenait haut ses prix, et ne rabattait pas un centime.

« Comme elle est fine et bien en chair! se disait la mère Hercklé en contemplant l'oie avec envie. »

A quelques pas de là, le voisin Flize, le scribe famélique, venait d'acheter des châtaignes pour son déjeuner du matin,

VICTORINE TENAIT UNE OIE PAR LE COU.

et les dissimulait dans la poche de son long paletot :

« J'aurais bien voulu le régaler aussi, celui-là, se dit la vieille femme. Comme il est maigre ! »

Elle ne pensait pas qu'elle était aussi maigre que lui.

Victorine venait d'acheter l'oie, et s'en allait avec ses deux paniers dont elle s'entendait à faire danser également les anses.

La petite fille adressa un sourire amical à la mère Hercklé, et suivit sa bonne, tandis que la vieille femme restait en contemplation devant les volailles.

« Faites votre choix, madame, dit la marchande, vous voyez qu'elles partent vite. »

En effet, un commissionnaire venait d'en emporter une charge pour un grand rôtisseur.

La marchande, avec sa figure grasse, épanouie, sa voix douce, insinuante, sucrée, avait vraiment l'air d'une bonne femme.

La mère Hercklé se rapprocha de la voiture, et dit d'une voix un peu tremblante, car elle n'était pas habituée à ces sortes de requêtes :

« Je n'ai pas assez d'argent pour acheter une oie, et cela me crève le cœur, parce que j'ai mes petits-enfants demain à dîner. Si vous pouviez me faire crédit, vous me rendriez bien service, et je ne vous ferais pas attendre longtemps le payement, je vous le promets. »

A ces paroles, il aurait fallu voir le changement de physionomie de la vendeuse. Le masque de la marchande engageante, souriante, avait disparu. Elle attachait sur celle qui n'était pas une « acheteuse sérieuse » un regard glacé, indifférent, tandis qu'elle lui répondait d'une voix sèche, où il ne restait pas l'ombre de miel.

« C'est impossible, madame; où en serions-nous si nous faisions crédit? »

Une légère rougeur monta au front de la pauvre femme, et

elle s'éloigna aussi vite que ses vieilles jambes le lui permettaient.

Le lendemain, vers l'heure du dîner, la famille de la mère Hercklé arriva toute joyeuse ; et, en entrant dans la chambre, les petits-enfants, qui avaient plus d'imagination que d'odorat, s'écrièrent :

« Comme ça sent bon, l'oie, grand'maman !

— Je n'en ai pas, mes pauvres chéris ! Cette année, je n'avais pas assez d'argent pour en acheter une.

— Ah ! firent-ils consternés, tu n'en as pas ?

— Non, mais je vous régalerai bien tout de même. J'ai une bonne purée de pommes de terre, et un beau morceau de boudin. »

Et elle faisait sonner ces derniers mots pour les éblouir, mais, eux, ils allongèrent les lèvres en une moue de désappointement. Le plus petit avait envie de pleurer, mais il se contint pour avoir l'air d'un homme.

On se mit à table.

« Cette purée paraît excellente, maman, » dit le gendre avec gaieté.

Mais la grand'mère était triste. C'était bien autre chose de déposer triomphalement l'oie sur la table au lieu de ce méchant plat de purée, et l'enthousiasme des enfants s'en ressentait naturellement ! Non, décidément, une oie met plus d'entrain dans un dîner que du boudin et des pommes de terre, et les fourchettes et les langues font plus de bruit.

La grand'mère venait de se lever pour aller prendre le second plat sur le fourneau, lorsqu'on entendit frapper à la porte.

« Va donc ouvrir, Rose, » dit la mère Hercklé à l'aînée des enfants.

Celle-ci courut à la porte et faillit se heurter, sur le seuil, contre un plat rempli tout entier par une oie magnifique, et toute rôtie. On entendait quelqu'un descendre rapidement l'escalier.

Lorsque la petite fille reparut dans la chambre, chargée du plat lourd qui faisait trembler ses petites mains, il y eut un murmure de surprise et d'admiration.

« Ah! grand'mère, s'écria l'un des enfants, vous avez voulu nous faire une surprise en nous disant qu'il n'y avait pas d'oie cette année !

— Non, je suis aussi surprise que vous, mes enfants. D'où vient cette oie? est-elle bien pour nous?

— Certainement, grand'mère, répliqua Rose. Regardez. » Et elle lui tendit un morceau de papier sur lequel était écrit : « *Pour madame Hercklé.* »

« D'où peut-elle venir? répétait la grand'mère. C'est une belle oie, ma foi !

Et le mystère dont l'oie était enveloppée ajoutait encore à son prestige aux yeux des enfants, et excitait en eux une certaine émotion.

« Moi, s'écria l'un des enfants, je crois qu'elle vient du ciel, comme le bonhomme de pain d'épice que j'ai trouvé ce matin dans mon sabot.

— C'est cela, » dit le père avec gravité, et il ajouta en riant :

« On n'a jamais pu dire, chère maman, que les alouettes vous tombent toutes rôties du ciel, maintenant on pourra dire que ce sont les oies. Mais ne laissons pas refroidir celle-ci, ce serait dommage. Passez-moi votre couteau, grand'mère, que je la découpe.

— Pendant ce temps-là j'irai chercher notre voisin Flize, pour qu'il se régale avec nous. »

La mère Hercklé trouva son voisin attablé devant un morceau de viande froide, dans une chambre sans feu. Il fit d'abord quelques façons pour se rendre à son invitation. Il prétendait qu'il serait un trop triste convive, qu'il assombrirait la société; mais toutes ses mauvaises raisons ne purent tenir contre la cordialité de la brave femme.

On se serra un peu pour faire une place à table au voisin Flize, et bientôt la chaleur du poêle et la gaieté des enfants le déridèrent. L'oie était très savoureuse, et le gendre pensait même, mais à part lui, qu'elle était meilleure et mieux rôtie que celles des autres années.

Si elle venait du ciel, ce n'était pas étonnant!

La mère Hercklé riait et pleurait tour à tour :

« C'était surtout pour ces pauvres petits chérubins que je regrettais l'oie de Noël, » disait-elle.

Comme nous ne pouvons croire que celle-ci fût réellement tombée du ciel, voyons d'où elle venait.

La petite demoiselle que la mère Hercklé avait rencontrée la veille au marché, s'amusait le jour de Noël à regarder les gens passer dans la rue. Elle avait vu quatre petits enfants, proprement vêtus, entrer dans la maison d'en face.

« Je suis sûre, avait-elle pensé, que ce sont les enfants de la mère Hercklé. Ils sont très gentils. » Elle s'était souvenue du chagrin qu'éprouvait la vieille grand'mère de ne pouvoir acheter l'oie de Noël pour régaler sa famille.

Après avoir regardé quelque temps encore dans la rue, elle était allée faire un tour à la cuisine, où elle avait vu l'oie qui tournait à la broche, et un beau poisson couché sur un lit de persil. Victorine lui avait appris qu'il y aurait un pâté truffé, un filet de bœuf aux champignons, et une foule de gourmandises au dessert; ce dernier point surtout intéressait Émilie.

Ainsi renseignée sur le menu, elle retourna au salon, près de ses parents, et se mit à regarder des images d'un air distrait.

Tout à coup elle se tourna vers son père, et lui dit avec vivacité :

« Est-ce que cela te ferait quelque chose, petit père, de ne pas manger d'oie aujourd'hui?

— Moi? oh! rien du tout! répliqua-t-il en souriant.

— Eh bien, papa, si tu veux, et si maman le veut aussi, je

t'achèterai l'oie que Victorine vient de mettre à la broche. »

A cette étrange proposition, le père, profondément surpris, regarda sa fille.

Émilie rit d'abord de tout son cœur de l'étonnement de son
père ; ensuite elle lui fit le récit de sa rencontre du matin au
marché, et lui représenta le chagrin de la mère Hercklé, qui
n'avait pas assez d'argent pour acheter l'oie de Noël.

« Et tu n'as pas pensé à lui offrir l'argent qui lui manquait,
à cette pauvre femme ? demanda le père.

— Si, j'y ai pensé tout d'abord, mais ensuite je n'ai pas osé,
parce que je voyais bien que Mme Hercklé, quoique pauvre,
ne ressemble pas aux gens qui mendient dans les rues. Mais
si tu veux me céder l'oie, petit père ?...

— De grand cœur, à moins que ta mère ne puisse se passer
de l'oie traditionnelle. Je sais qu'elle tient beaucoup à ce que
les vieux usages ne se perdent pas dans les familles ; et quand
même personne ne devrait manger d'oie chez nous, il faut
qu'il en paraisse une sur la table... pour le principe.

— Ces pauvres gens, répondit la mère avec un sourire,
feront plus de fête que nous à l'oie de Noël, car je vois bien
qu'ici elle n'est plus guère considérée. Tu peux donc la leur
envoyer, ma fille.

— Merci, maman ; merci, père ! » dit Émilie, toute joyeuse.

Puis elle tira gravement son porte-monnaie de sa poche,
et mit, non moins gravement, cinq francs cinquante, prix de
l'oie, dans la main de son père.

En vain la mère fit signe à celui-ci de ne point accepter
l'argent de la petite fille ; il le prit. Il pensait qu'une bonne
action, pour être méritoire, doit entraîner un sacrifice, et
aussi qu'il ne faut pas toujours donner à la place des enfants,
sous peine d'en faire des égoïstes, et il avait grandement
raison.

MONSIEUR PLACIDE

On venait d'apporter dans un magasin de curiosités de la rue de Rennes différents objets que le propriétaire de ce magasin avait achetés à l'Hôtel des ventes. Parmi ces objets se trouvait une armure de toutes pièces d'un aspect fort imposant. On la plaça près de la porte, bien en évidence, et les flâneurs, les curieux, tous ceux qui avaient quelques minutes à perdre, s'arrêtèrent pour l'examiner. Le caractère, la profession, l'ignorance ou le savoir de chacun se révélaient dans les réflexions inspirées par l'homme de fer.

Deux messieurs passaient en causant. Le regard de l'un d'eux se fixa sur la sombre armure.

« Ne vous semble-t-il pas, mon cher, que cette armure a sa place marquée dans le vestibule du château gothique que vous venez d'acheter? »

Le propriétaire du château gothique toisa dédaigneusement l'homme de fer; évidemment il ne lui trouvait pas un extérieur assez riant, assez agréable pour l'admettre dans son intimité.

« Ma femme préfère des statues, dit-il, et moi aussi; ce sera plus gai. Nous aurons une Flore et une Cérès du Val d'Osne. »

Un sourire railleur se dissimula sous la moustache de l'interlocuteur, mais il dit avec un accent approbatif :

« Ce sera beaucoup plus gai, en effet. »

Les deux messieurs continuèrent leur route.

Un père s'arrêta ensuite avec ses enfants, et leur nomma successivement chaque pièce de l'armure.

« Ce qui protège les bras et les mains, leur dit-il, s'appelle *brassards*, *gantelets*, et ce qui réunit ce casque fermé ou *heaume* à la cuirasse porte le nom de *gorgerin*. Ces bottes de fer s'appellent *grèves*. Voici les *jambards* et les *cuissards*. C'est une armure de toutes pièces; rien n'y manque, ni la longue épée, ni le bouclier ou *écu*, mais je ne suis pas assez fort en science héraldique pour déchiffrer le blason que porte l'écu. »

La science héraldique importait peu aux enfants, très impatients de se séparer de l'homme de fer. Le soleil était chaud, brillant, l'armure froide et sombre, et chaque minute employée à cette petite leçon retranchait quelque chose aux bonnes parties de balle que les enfants avaient projeté de faire dans le jardin du Luxembourg.

Un jeune apprenti, qui courait sur le trottoir, lança un regard narquois de gamin parisien à l'antique armure.

« Oh! mon bonhomme, s'écria-t-il, quelle triste tête tu as! les habits te gênent, pas vrai! »

Et il reprit sa course en sifflotant un air des *Cloches de Corneville*, tandis que les passants riaient.

Un antiquaire passa.

« Armure du XIVe siècle, » dit-il entre ses dents.

Mais il ne s'arrêta pas longtemps, car il en avait vu beaucoup de semblables.

« Oh! le vilain homme noir, maman? Est-il méchant? demanda un bébé en se serrant contre sa mère.

— Si tu n'es pas sage, il t'emportera.

— La sotte mère! » murmura un passant.

Un professeur, escorté de ses deux filles qu'il conduisait au cours, s'arrêta devant l'armure.

« Voyez, mes enfants, dit-il, cela rappelle le beau temps de la chevalerie. Cette armure, portée par un preux chevalier, a sans doute figuré dans plus d'un brillant tournoi? Peut-être aussi cette longue épée a-t-elle pourfendu plus d'un ennemi de la France? Peut-être a-t-elle été teinte du sang anglais? Mais il vaut mieux parler des mœurs chevaleresques que des combats et des batailles. Dans ce temps-là, mes filles, les dames étaient l'objet d'un vrai culte, et, dans les tournois, on les voyait encourager par leur présence...

— As-tu remarqué, Jeanne, dit une des jeunes filles à l'autre, la délicieuse toilette qui vient de passer près de nous? »

Jeanne se retourna vivement pour tâcher d'apercevoir la *délicieuse* toilette, et le père continua à parler, mais pour lui seul, des temps chevaleresques, car l'esprit des deux jeunes filles était occupé par les plissés de cachemire et de satin merveilleux du costume de l'inconnue, plein d'un moderne intérêt.

Quelques instants après, un penseur, de ceux qui voient toujours dans les choses matière à réflexions philosophiques, frôla l'armure en passant.

« Qui sait, se dit-il, si un cœur tendre, humain, n'a pas battu sous cette armure? Qui sait si les yeux cachés derrière ce masque de fer n'ont pas quelquefois versé des pleurs, de ces pleurs qu'on se fait une gloire de cacher et que personne ne devine. Cette enveloppe de fer donne l'idée d'un être dur, inflexible, et qui sait pourtant? »

Et le penseur continua à traiter, en marchant, le chapitre ouvert à ses méditations.

Après lui, deux jeunes hommes s'arrêtèrent.

« Tu sais, mon cher, dit l'un d'eux, que j'ai envie de peindre une armure pour le prochain salon?

— Tu renonces donc aux casseroles cette année? répliqua l'autre avec une maligne inflexion de voix.

— On dirait vraiment que je suis condamné à peindre toute ma vie des batteries de cuisine! Suis-je donc le peintre des cuivres, comme d'autres des Italiennes? Ne pourrai-je sortir de *mon genre*, et le public daignera-t-il accepter autre chose de moi ? Mais, revenons à cette armure ; elle me convient et je l'achèterai si le marchand se montre accommodant. Voyons quelles sont ses prétentions ? »

Ils entrèrent dans le magasin, et le peintre se mit à débattre avec le marchand le prix de l'armure. Ils s'entendirent assez facilement, et, le lendemain, l'homme de fer se trouva installé dans l'atelier de Marc Stenay, rue Notre-Dame-des-Champs. Dans le tableau projeté par le peintre, l'armure, entourée de quelques accessoires de même époque, devait se détacher sur un fond de vieilles tapisseries.

Marc Stenay s'était fait un nom dans un certain genre de peinture qui n'exige pas grande invention. Comme on le sait déjà, il excellait à rendre les tons chauds du cuivre, et les bassines à confitures qui sortaient de son pinceau étaient d'une réalité saisissante.

Stenay avait deux enfants, une fille et un garçon. La petite fille qu'on appelait Mimi quand elle était sage, Marie quand sa conduite avait laissé à désirer, et *mademoiselle Marie* quand on était tout à fait fâché contre elle, était une petite Parisienne vive et futée, causant comme une petite femme, ou, plus exactement, comme une petite pie. Elle avait sept ans.

Paul avait quatre ans, et il avait été surnommé *monsieur Placide* par tous les amis de la maison, et jamais surnom ne s'était mieux appliqué, car, depuis sa naissance, Paul n'était jamais sorti de son calme. Quand on l'avait sevré, il avait certainement réclamé contre cette mesure, mais avec convenance, tandis que, dans les mêmes circonstances, Mimi avait rendu à tous le séjour de la maison insupportable. Il avait été impossible à Marc Stenay de peindre le moindre tableau, la plus petite casserole, pendant cette période difficile de la vie de famille.

L'inaltérable sérénité de monsieur Placide vexait un peu

Mimi, car Mimi, malgré ses allures décidées de petite Parisienne, s'effrayait de tout, du vent, de la nuit, d'une araignée, et, à la vue d'une souris, elle serait presque tombée en convulsions. Lorsqu'il lui arrivait de faire une chute, elle jetait des ris épouvantables, et il fallait la plaindre pendant une heure.

Quand monsieur Placide tombait, il se relevait tranquillement, simplement, sans affectation d'héroïsme et, s'il lui poussait une bosse, il allait la montrer à sa mère qui le guérissait avec un baiser. Monsieur Placide était encore à l'âge où l'on croit à l'efficacité de ce doux remède maternel.

Quelques minutes après l'installation de l'armure dans son atelier, Marc Stenay sortit. Il est bon de dire qu'un escalier mettait son atelier en communication directe avec son appartement. Mimi, tout en faisant une page d'écriture, avait prêté l'oreille au bruit qui s'était fait dans l'atelier de son père, quand on avait apporté l'armure, et sa curiosité était vivement excitée. Les A qu'elle traçait se ressentirent de cette préoccupation, et leur inclinaison laissa beaucoup à désirer.

Mimi, ayant expédié sa page, se dépêcha de descendre à l'atelier; elle y entra en courant et se jeta presque dans les jambes de l'homme de fer. Elle éprouva un profond saisissement, mais qui fut de courte durée; elle avait déjà vu des armures, car elle avait été visiter le musée d'artillerie de l'Hôtel des Invalides.

Néanmoins, comme la compagnie de cet homme froid et sans regard lui faisait passer des frissons dans le dos, elle quitta l'atelier. Mais elle avait conçu une méchante pensée.

L'homme de fer qui l'avait effrayée pouvait en effrayer d'autres, par exemple monsieur Placide. Elle serait bien aise, pour une fois, de le voir sortir de son calme.

Mimi, qui ne méritait plus que d'être appelée mademoiselle Marie, alla trouver Paul, qui était en train d'aligner des soldats de carton sur le tapis, avec son flegme accoutumé; il ne s'échauffait même pas à ce jeu guerrier.

« Paul, dit Marie, il y a dans l'atelier de papa un beau monsieur qui veut te donner des bonbons.

— Il t'en a donné? dit monsieur Placide un peu méfiant. Fais voir.

— Il n'a pas voulu m'en donner, il a dit que j'étais trop grande, et qu'il les gardait pour les plus petits, pour toi. »

Paul se leva, après avoir pris soin de relever plusieurs soldats tombés au champ d'honneur.

La placidité du petit Paul n'excluait nullement la gourmandise. Tout en descendant l'escalier avec une prudente lenteur, il se demandait s'il aurait des dragées, du chocolat praliné à la crème, ou des fondants, et son cœur penchait fort vers le chocolat praliné à la crème.

Mimi, derrière la portière en vieille tapisserie de l'atelier, assista à l'entrevue de monsieur Placide avec l'homme de fer.

Contrairement à son attente, Paul ne poussa aucun cri, et ne fit aucun mouvement de retraite vers la porte; il s'arrêta saisi, non de frayeur, mais d'étonnement, devant cet homme étrange, appuyé sur une longue épée. Et il considéra attentivement cet inconnu, qui ressemblait si peu à son père, et aux amis de son père.

Quant à lui adresser la parole, il n'osa pas; il attendit.

Marie, voyant son coup manqué, s'était esquivée.

Une demi-heure 'après, lorsque Marc Stenay revint dans son atelier, il trouva le petit garçon debout devant l'armure.

« Papa, dit l'innocent Paul, Mimi m'avait dit que le Monsieur me donnerait des bonbons, il ne m'en donne pas. »

Le peintre se mit à rire d'abord, puis il répliqua:

« Mais, mon petit Paul, ce n'est pas un monsieur, il ne parle pas, il ne marche pas comme toi et moi, il n'est pas vivant. On appelle cet homme de fer une armure.

— Une armure, répéta Paul.

IL S'ARRÊTA, SAISI D'ÉTONNEMENT, DEVANT CET HOMME ÉTRANGE.

— Autrefois, il y a bien longtemps de cela, les gens se cou-vraient d'habits de fer comme ceux-ci pour aller se battre, et il était très difficile de les blesser. »

Après avoir écouté cette petite explication, monsieur Pla-cide raconta tout au long à son père comment Mimi l'avait engagé à descendre pour chercher des bonbons.

Marc Stenay vit là dedans une machination coupable de Marie, et, quand il fut remonté chez lui avec Paul, il dit de-vant sa fille :

« Le Monsieur qui est dans mon atelier n'ayant pas donné de bonbons à Paul, c'est moi qui lui en donnerai. Quant à ma-demoiselle Marie, qui espérait bien que son petit frère aurait peur de l'homme de fer, ni sa mère ni moi ne l'embrasserons ce soir, pour la punir de son mauvais cœur. »

Aux premiers mots, Marie était devenue pourpre ; aux der-niers, elle éclata en sanglots, et elle courut se cacher dans un coin où elle pleura longtemps sa faute.

Paul eut un sac de chocolat praliné à la crème. Sous sa placidité, il cachait un cœur affectueux et bon ; il partagea, sans rancune, ses bonbons avec Marie ; celle-ci demanda pardon à ses parents et, appuyée par son frère, elle obtint sa grâce. On lui donna le baiser du soir, et elle s'endormit en prenant les meilleures résolutions pour l'avenir, et aussi pé-nétrée de reconnaissance pour les bons procédés de monsieur Placide.

LES DEUX LOGES

I

Le théâtre de la ville est mauvais, les costumes et les décors sont ridicules et la diction des acteurs est telle, qu'à certaines situations lamentables un rire universel parcourt la salle.

Je ne m'en inquiète guère. J'ai fait la découverte de deux excellents théâtres, et, grâce à la situation de la maison, j'ai une bonne loge dans tous les deux.

C'est le théâtre chez soi, à la ville et à la campagne.

D'un côté, sur la rue, le mouvement, le bruit, les minauderies de la ville, les dialogues piquants entre commères, la variété et l'éclat des costumes, en un mot la peinture du siècle. L'étude est curieuse.

De l'autre, sur la campagne, du calme, du grandiose, de la mélancolie, des scènes rustiques qui laissent des impressions profondes et douces. Ce théâtre endort plutôt les passions qu'il ne les éveille. Toutes les âmes blessées devraient l'aimer.

Sur la rue, les personnages sont tout; ici, ils ne sont guère que l'accessoire.

Le décor est merveilleux : au fond la chaîne des Pyrénées, dont l'aspect varie à chaque heure du jour. Plus près, de jolies collines où sont pittoresquement assises des maisonnettes entourées d'une vigne et d'un jardin. Les jardins vont s'étageant jusqu'au bas de la vallée.

Et comme pour tempérer le ton riant du paysage, le cimetière de la ville étend sur l'un des coteaux ses allées funèbres.

Il ne me déplaît pas de voir cette pensée de mort jetée au milieu de la vie qui surabonde.

Quant à l'orchestre, il est tout champêtre aussi. Le jour, c'est le bruit des laveuses, dont on voit se lever et s'abaisser les bras autour du lavoir rustique ; ce sont de légères rumeurs qui partent des champs, quelque conducteur d'un char qui encourage ses bœufs dans un chemin difficile, des cris d'animaux, la pioche qui résonne sur la terre durcie.

Vers le soir, affaibli par l'éloignement, c'est le concert des grenouilles, le chant suave d'un rossignol, des bruissements d'insectes et de feuillage au jardin.

J'ai vu par-ci par-là, de mes deux loges, quelques drames, des scènes du plus haut comique ; mais rien ne m'a captivée autant que la simple histoire qui s'est déroulée dans la maison voisine, l'an dernier.

Cette maison, petite et peu élevée, a une galerie, comme la plupart des habitations du Midi.

En me penchant légèrement à la fenêtre, je pouvais plonger mes regards dans cette galerie, lorsque les rideaux de toile bise étaient relevés. Ils s'y arrêtaient avec plus d'intérêt encore que de curiosité.

Là se tenait une classe enfantine. Tout le long de la muraille on ne voyait que des petites têtes, de ces jolies, de ces bonnes têtes de bébés, mutines et innocentes.

C'était très difficile de faire rester ces enfants en repos sur leurs bancs ; ils remuaient toujours, soit leurs jambes, soit leurs bras, en épelant l'abécédaire d'une voix monotone.

Il y avait des punitions terribles : le bonnet d'âne, le tablier relevé sur la tête, l'exil dans un coin, le visage tourné vers le mur.

La maîtresse de la classe enfantine était une jeune fille

qu'on appelait dans la ville Mlle Espérance, bien que ce nom
ne fût nullement le sien. Il lui était venu de la robe verte
qu'elle portait continuellement et d'une mesquine remarque
d'un petit esprit.

Je l'appelais aussi en moi-même Mlle Espérance, sans attacher à ce nom aucune idée humiliante pour elle, mais
uniquement parce que je trouvais ce nom joli. .

Elle m'inspirait de la sympathie ; d'abord parce que la
jeunesse attire la jeunesse, ensuite parce que j'ai toujours
eu une préférence marquée pour tous ceux qui luttent avec
courage contre les difficultés de la vie.

Elle vivait avec sa mère, déjà âgée, qui ne faisait guère
autre chose que de tricoter et de raconter des histoires à
tous ceux qu'elle pouvait approcher. C'étaient des histoires
interminables, remplies d'insignifiants détails ; à voir son
geste animé, on eût dit qu'elle racontait la chose la plus
intéressante du monde. On la fuyait.

Tous les matins, je voyais la jeune fille arroser ses fleurs
dans son jardin. Elle en avait beaucoup ; c'était son unique
distraction. A cette heure-là, la vieille dame n'était pas
encore levée, on n'entendait aucun bruit dans la maison.
Mlle Espérance s'appartenait entièrement. Ses mouvements
étaient plus vifs, elle allait et venait d'un pas alerte, à travers
le jardin. Elle était toujours vêtue de sa robe verte, mais
ses cheveux flexibles n'étaient pas disposés avec une rigou-
reuse symétrie. Ils battaient ses épaules et luisaient chaque
fois qu'elle passait au soleil.

Lorsqu'elle avait fini d'arroser, elle s'asseyait ordinairement à l'ombre d'un jeune figuier, auprès du puits. Elle regardait les montagnes, et rien qu'à son expression recueillie
je voyais qu'elle les aimait.

Elle aspirait avec une sorte de volupté l'air qui lui arrivait de la campagne. Son visage, dans ces moments-là, était
presque celui d'un enfant.

Mais les rideaux de la galerie s'ouvraient, la vieille dame commençait de là son fatigant bavardage, et la jeune fille rentrait dans la maison.

Bientôt je la voyais reparaître à la galerie, ses cheveux bruns sévèrement tressés. On entendait dans le corridor et dans l'escalier les petits pas des enfants. C'est avec un air de bonté maternelle qu'elle rangeait ses écoliers le long de la muraille.

Leurs bourdonnements me poursuivaient jusqu'au fond de ma chambre; parfois j'en étais excédée. J'allais donner un coup d'œil à la galerie, et j'apercevais le visage tendre et ferme de la jeune fille, ne trahissant aucune impatience.

Vers le milieu du jour, quand l'ombre s'était un peu étendue sur le jardin, toute la classe y descendait et prenait ses ébats dans la partie qui lui était réservée.

Le soir, lorsque les marmots étaient partis et que la mère s'était endormie à force de bavarder, son tricot entre les doigts, Mlle Espérance s'appartenait encore un peu.

Elle s'accoudait sur la balustrade de la galerie, plongeant sa tête entre ses mains, la taille ployée. On devinait la lassitude et quelque chose de plus lourd peut-être que la lassitude physique.

Alors j'aurais voulu descendre vers elle, lui dire qu'elle avait une amie; mais je craignais d'être indiscrète, de la blesser, car elle me semblait très fière, malgré sa robe verte fanée.

Le lendemain c'était la même chose que la veille! Eh bien, c'est singulier, je ne me lassais pas de la voir au milieu de ses marmots, et je négligeais complètement le spectacle de la rue.

« Mlle Espérance tourne à la vieille fille, » me dis-je un matin avec une sorte de dépit.

J'avais aperçu, accrochée à l'extérieur de la galerie, une cage où voltigeait un serin, qui mêlait sa chanson étourdissante aux bourdonnements des écoliers.

J'avais appris bien des particularités sur Mlle Espérance depuis que je m'intéressais à sa vie. Plusieurs fois elle avait dû se marier ; mais toujours les projets de mariage s'étaient rompus à cause de sa mère. Personne ne pouvait se décider à vivre avec elle, et la jeune fille ne voulait pas consentir à s'en séparer.

Peu de temps après ma remarque sur Mlle Espérance, quelque chose d'inusité se passa chez elle.

C'était au beau milieu du printemps. Le jardin était vraiment très joli. Le figuier s'était beaucoup développé et prêtait assez d'ombre aux hôtes de la maison. On y accrochait la cage de l'oiseau, et la vieille dame, lorsqu'elle ne trouvait personne à qui parler, jacassait avec lui.

Un après-midi, les enfants étudiaient leurs leçons au jardin. L'un d'eux avait mérité le bonnet d'âne ; il était exilé dans un coin, le visage tourné contre le mur.

Tout à coup je vis la joue d'Espérance s'empourprer ; elle me parut charmante ainsi ; le rose et le vert se font mutuellement valoir.

La porte de la rue venait de se refermer ; on entendait un bruit de pas dans le corridor, accompagné d'un flot de paroles de la vieille dame.

« Venez par ici, monsieur, disait-elle, le corridor est un peu sombre, il faut quelque temps avant de se reconnaître lorsqu'on vient du grand jour. Ma fille fait sa classe au jardin, les enfants s'y plaisent beaucoup. En voilà un qui s'est fait punir. Voyez, monsieur, le vilain petit garçon ! Oh ! que c'est laid ! »

Le visiteur souriait.

« Ma fille, reprit-elle, M. Lorges, notre voisin, désirerait avoir quelques boutures de nos géraniums. »

M. Lorges était professeur à l'école normale primaire de la ville et grand amateur de fleurs probablement. Il avait le même privilège que moi : la maison qu'il habitait touchait à celle de Mlle Espérance.

Il s'excusa de son indiscrétion, demanda la permission de revenir, et revint souvent. Quel était son but? Avait-il l'intention de troubler la vie tranquille de la jeune fille, qu'il avait sans doute admirée de sa fenêtre? Il avait l'air d'un honnête garçon; son accent et ses manières étaient pleines de franchise.

Il paraissait écouter sans ennui les histoires de la vieille dame. Mais son regard était presque toujours ailleurs lorsqu'elle lui parlait. Je me figure que plus d'une fois il ne l'entendait pas.

Un soir, il resta seul au jardin avec la jeune fille. Je pus d'abord entendre qu'ils parlaient de choses relatives à leur profession, des punitions à infliger aux enfants, du bonnet d'âne, que M. Lorges n'approuvait pas. Puis je n'entendis plus, car ils causaient à voix très basse, jusqu'au moment où Espérance, à voix plus haute, mais bien émue :

« Vous savez, dit-elle avec douceur, que ma mère... »

Il l'interrompit, et de sa bonne voix franche :

« Eh bien! votre mère, lorsque nous sortirons ensemble le dimanche, aura pour s'appuyer le bras d'un fils.

— Que vous êtes bon! »

Elle leva vers lui ses yeux rayonnants de bonheur et de jeunesse. Cela faisait du bien de voir ces yeux-là!

Quelques larmes tombèrent sur l'appui de ma fenêtre. Et comme le roman de Mlle Espérance était clos, j'allai regarder dans la rue.

Après le mariage de Mlle Espérance, j'occupai plus souvent ma loge sur la rue.

II

Ce théâtre est un théâtre populaire, car ma rue, queue faubourienne de la ville, n'a dans son extrémité rien d'aristocratique, et le style qu'on y emploie ne serait pas admis au Théâtre-Français. Beaucoup trop édifiée maintenant sur ce style, je ferme la plupart du temps l'oreille au dialogue et me contente du spectacle. Avec ce dédain, ou plutôt cette délicatesse, j'ai perdu plus d'une saillie, lancée avec ce vif accent méridional qui donne quelquefois à l'esprit plus de piquant qu'il n'en a.

Le décor ne vaut pas celui de mon autre théâtre; il est un peu gris. Devant moi, et sur un assez grand espace, s'étend un couvent d'Ursulines qui se livrent à l'éducation des jeunes filles. Le regard vient donc se briser contre des grillages et des barreaux de fer, et contre des vitres dépolies. Mais je plonge aisément dans le parloir, lorsque, dans la belle saison, on laisse les fenêtres ouvertes. J'aperçois derrière les grilles, qui partagent le parloir en deux, des guimpes blanches et des voiles noirs. De temps à autre, une religieuse entr'ouvre un guichet, et par cette stricte ouverture la pensionnaire reçoit les caresses de ses parents. La vue de ces grilles éveille en moi les plus vifs sentiments de liberté. Par contre, j'envie le calme, l'air de contentement, la santé florissante de la plupart de ces recluses. Je voudrais tous ces biens avec ma liberté, mais pour les posséder je crois que je ne troquerai jamais mes deux excellentes loges contre l'horizon blanchi à la chaux d'une étroite cellule.

Quoique que je n'aie jamais pénétré dans ce couvent, j'en connais assez bien la topographie, grâce à une ancienne pensionnaire.

Là, c'est le dortoir aux lits blancs symétriques, au-dessus l'infirmerie, ici la salle de musique, où du matin jusqu'au soir les commençantes exécutent laborieusement des gammes, tandis que les plus avancées massacrent avec ardeur les *Divertissements* de Ravina, ou profanent la *Dernière pensée de Weber*.

Cette cellule est celle de Mme Saint-Augustin, la vénérable

abbesse; cette autre est occupée par la jeune sœur Saint-Ambroise, dont j'ai vu, l'an dernier, s'accomplir le mariage mystique, avec une pompe méridionale; la rue était jonchée de fleurs et de feuillage le long du couvent où la jeune fille devait passer pour se rendre à la chapelle.

Elle était vêtue comme la plus mondaine des mariées. Ses beaux cheveux, si bien tressés pour la dernière fois, excitaient les regrets de la foule. Son père, qui maîtrisait à peine son émotion, lui donnait le bras, et toutes les pensionnaires en blanc lui formaient le plus gracieux des cortèges.

J'étais émue comme si cette jeune fille n'avait pas été pour moi une étrangère; mais le sacrifice, sous quelque forme qu'il nous apparaisse, met tout de suite un lien entre nous et l'indifférent de la veille.

Maintenant, le soir, je regarde avec intérêt briller la petite lampe de la jeune religieuse.

A la fenêtre contiguë à la sienne, j'ai surpris Mme Sainte-Julie en flagrant délit de curiosité. Grimpée sur sa table, et peut-être encore sur une chaise, car la fenêtre est très élevée au-dessus du sol de la cellule, elle se permettait de jeter un coup d'œil sur la rue. Il était cinq heures du matin, heure tranquille, où les volets des habitations voisines sont généralement clos. Je ne sais laquelle de nous a été le plus effrayée, — moi d'apercevoir à cette fenêtre toujours vide une pâle figure aux grands yeux noirs, entourée d'une coiffe de nuit dont la forme n'est pas connue des profanes, — elle d'être aperçue à l'heure où elle enfreignait, d'une façon innocente d'ailleurs, la règle du couvent. Innocente, ce n'est pas bien sûr. Savez-vous, madame Sainte-Julie, que l'on commence par regarder timidement du coin de l'œil dans la rue, et que l'on finit par sauter hardiment par-dessus les murs de la pieuse maison.

Je crois que mon apparition lui a été salutaire, et qu'elle ne sera plus tentée de recommencer son ascension vers le monde. J'ai entendu un bruit de chaises roulant avec fracas sur les carreaux de la cellule, et le lendemain j'ai appris incidemment, par une externe, que Mme Sainte-Julie avait une entorse. Où peut attraper une entorse une paisible sœur qui marche toujours à petits pas comptés et avec des chaussons de drap?

Les pensionnaires des Ursulines ont de rares sorties. Les jours des grands marchés, qui ont lieu toutes les quinzaines, le samedi, elles reçoivent la visite de leurs parents de la campagne. Souvent leurs familles les amènent jusque sur la porte, et j'ai fait ainsi la connaissance de la plupart de ces jeunes prisonnières. Elles sont vêtues d'une robe noire unie et d'un petit camail, couvrant le corsage, sur lequel tranche le ruban de la classe aux vives couleurs, ou les décorations accordées à la sagesse et au savoir. Toutes les pensionnaires sont coiffées d'une façon uniforme, tantôt à la chinoise, tantôt avec des bandeaux plats, deux coiffures qui sont faites pour accentuer les défauts de ces traits seulement ébauchés, auxquels quelques années de plus donneront « le fini » et la fermeté qui leur manquent.

Quelques-unes de ces enfants ont déjà des manières de petites femmes, un incroyable aplomb, des gestes et des airs de tête d'une comique coquetterie, fort inconsciente d'ailleurs, mais de mauvais présage pour l'avenir. D'autres, pensionnaires jusqu'au bout des ongles, — j'aime mieux cela, — sont gauches, ne savent que faire de leur personne, surtout de leurs mains, et parlent avec une niaise lenteur ou une volubilité extraordinaire.

« Ma pensionnaire » à moi ne ressemblait à aucun de ces deux types, les plus communs. Ni femme prématurément, ni ingrate chrysalide.

Au théâtre, notre sympathie se porte sur tel ou tel personnage; pour celui-là nous pleurons ou nous tremblons, c'est lui dont nous attendons avec impatience la venue à chaque scène nouvelle, et s'il n'y paraît point, nous la trouvons dénuée d'intérêt, tant les autres personnages nous semblent secondaires auprès de notre héros. Si, parmi tous les personnages de la pièce, aucun ne s'impose à notre cœur, malgré la science dramatique, malgré l'esprit dépensé et la valeur du style, cette pièce laissera les spectateurs très froids. C'est mettre un bel atout dans son jeu que de prendre le cœur du public.

Longtemps, les jours de marché, je m'étais franchement amusée à voir le défilé des gens de la campagne s'en retournant chez eux; excellentes physionomies à crayonner encore plus qu'à décrire.

C'est un brave paysan essoufflé qui poursuit en pestant, à travers les bestiaux et les voitures, son cochon affolé ou goguenard; vingt fois, il est sur le point de saisir la queue du récalcitrant, et celui-ci, chaque fois, repart au trot en poussant des grognements narquois; les gestes du pauvre homme sont désespérés, il pousse des cris de rage ou des appels touchants, auxquels l'animal domestique reste fort insensible.

Ce sont les belles du village en robes voyantes qui passent en minaudant avec les beaux gars portant le béret sur l'oreille.

J'assiste à quelque marché conclu sur le pas de ma porte; j'étudie à loisir le jeu de ces physionomies rustiques, mélange de bonhomie, de finesse et de méfiance; le marché conclu, l'acquéreur tire de sa bourse à cordons de cuir bien serrés ses écus qu'il compte péniblement, et qu'il livre un à un, et à regret, tandis que celui qui les reçoit tourne et retourne chaque pièce, la pèse dans sa main, et semble toujours douter de sa valeur.

J'aime à voir défiler avec une majestueuse lenteur les chars longs et étroits, traînés par des bœufs portant en travers de leurs cornes le parapluie rouge ou bleu de la famille. Les yeux sont réjouis par cette pittoresque mêlée de bérets et de capulets aux vives couleurs, qu'on voit briller d'un bout à l'autre de la rue.

Oui, mais tout cela ne suffisait pas pour remplir le cœur; c'était comme un livre d'images amusantes où le texte tient très peu de place. On n'y revient guère, et je n'aurais pas tardé à délaisser ce spectacle, si je n'avais fait la découverte de « ma pensionnaire ».

Lorsque je la vis pour la première fois, elle avait à peine quinze ans. Sa robe noire, son camail, toujours orné de quelque honorable ruban, prenaient sur elle des plis gracieux, qu'on n'aurait jamais attendus de la rigidité de leur coupe.

Tantôt Mme Saint-Alphonse, spécialement chargée de ce soin, décrétait que toutes les têtes, dans l'intérêt de la raie, seraient coiffées à la chinoise, tantôt elle décidait que, dans l'intérêt de la racine des cheveux, les bandeaux plats seraient adoptés; ma pensionnaire, à moi, était toujours jolie.

Non, elle ne ressemblait à aucune autre, et ce beau visage d'enfant promettait trop.

Ce qui frappait dans son regard, c'était son innocence, unie à une ardente et naïve curiosité.

Sa voix, trop frêle pour dominer les bruits de la rue, n'arrivait pas jusqu'à moi, mais je me figurais la connaître. Lorsque j'écoutais réciter la prière à la chapelle, parmi toutes ces voix qui *dépêchaient* les oraisons, et supprimaient la moitié des mots, j'en distinguais une, une seule, recueillie et pure, qui articulait avec netteté; cette voix s'accordait si bien avec le visage de ma pensionnaire, que je ne mettais pas en doute qu'elle ne fût la sienne. C'était elle aussi qui, musicienne dans le vrai sens du mot, faisait monter vers ma fenêtre ces notes émues qui pénétraient jusqu'au fond de mon cœur. Quelle âme elle devait avoir, cette enfant, pour forcer à parler ainsi l'instrument épuisé par les exercices continus des élèves! En temps ordinaire, il avait des sons aigrelets, ingrats, à faire prendre le piano en horreur.

Qui venait voir ma pensionnaire?

Assurément ce n'était pas sa mère, qui restait dans son équipage, à la porte du couvent, et déposait sur le front de la jeune fille un baiser si froid. Assurément, ce n'était pas un père, ce gros monsieur qui la regardait avec si peu de joie et d'orgueil, et se promenait avec impatience le long du couvent, tout le temps que durait la visite. Ce n'était pas un frère, ce jeune garçon, du même âge qu'elle, qui l'embrassait avec affection, mais avec une sorte de réserve, tandis que la dame les contemplait avec mauvaise humeur.

Un jour, j'entendis le gros monsieur, dont la voix avait la sonorité d'un instrument de cuivre, appeler l'enfant « ma nièce ».

C'était un oncle, c'était une tante, oncle et tante embarrassés de leur pupille, craignant de voir leur fils s'attacher à sa jeune cousine, et la laissant au couvent pour ce motif. Elle était pauvre probablement, ma pensionnaire; ils étaient riches, sans aucun doute, les parents du cousin.

Les jeunes filles de l'âge de ma pensionnaire quittaient toutes le couvent. Leurs mères, longtemps privées d'elles, avaient hâte de s'en parer et de s'en faire des compagnes. Je les reconnaissais à peine lorsqu'elles avaient dépouillé leur costume étriqué, et avec lui leurs manières de la pension. Les unes prenaient plus de réserve, et les autres perdaient, au contact du monde, leur niaiserie enfantine.

Au retour de la belle saison, j'enviais pour ma petite amie une des fraîches toilettes de ses anciennes compagnes. J'éprouvais pour elle l'orgueil demi-maternel d'une sœur aînée pour sa sœur plus jeune, et j'aurais été heureuse de pouvoir la parer à mon gré.

Les robes aux tendres nuances des nouvelles mondaines m'avaient fait prendre en dégoût l'éternelle robe noire de ma pensionnaire.

On venait la voir à peu près tous les quinze jours, c'est-à-dire que sa famille s'arrêtait quelques minutes devant le couvent, après avoir fait ses emplettes à la ville. On ne

venait pas exprès pour elle, mais on s'acquittait de ce devoir
en passant. Dès qu'on avait sonné pour la demander, elle
accourait, et quelquefois, cédant à toute la tendresse amassée
dans son cœur et destinée à la mère qui n'était plus là
pour en jouir, elle jetait ses bras caressants autour du
cou de sa tante; mais, repoussée avec froideur, elle les
détachait aussitôt avec un air de douloureuse confusion qui
me navrait.

Certainement ma pensionnaire était née à la campagne; je
le comprenais au regard amical qu'elle jetait sur les animaux. Plus hardie que ne le sont ordinairement les citadines,
elle caressait le mufle des bœufs, et semblait toute joyeuse
lorsqu'elle avait plongé ses doigts dans la laine des moutons.
Alors elle riait avec son jeune cousin, et je prenais part à
leur gaieté. Je voyais qu'il lui décrivait ses plaisirs champêtres;
elle, en l'écoutant, paraissait regarder au loin quelque horizon regretté.

Un jour il lui apporta un gros bouquet de bluets et de mar-
guerites; elle s'en saisit avec une sorte d'avidité, et, toute
heureuse, mais les yeux humides, elle embrassa son cousin
avec un naïf élan. A ce moment, la sœur tourière entr'ouvrit
le guichet et frappa deux ou trois petits coups secs sur la
porte, pour avertir la pensionnaire qu'il était l'heure de
rentrer. Elle s'en alla moins triste; on voyait que le bouquet
des champs lui tiendrait compagnie.

Ce fut la dernière visite du jeune cousin.

A sa place ses parents amenèrent un monsieur d'une
quarantaine d'années, à la figure commune, aux manières
vulgaires, empreintes de cette sotte suffisance que donne la
richesse à un homme sans esprit et sans éducation.

Désormais toutes les visites se passèrent au parloir, et je
ne voyais que d'une manière bien confuse le visage de ma
pensionnaire. Une seule fois elle vint sur la porte souhaiter
le bonjour à son oncle, que ses visites prolongées ennuyaient.

L'oncle parut honteux et embarrassé à sa vue et la congédia rapidement ; mais, si courte qu'eût été l'apparition de la jeune fille, j'avais eu le temps de voir comme son visage était pâle et ses beaux yeux d'enfant troublés, rouges et battus.

Après cette visite les fournisseurs affluèrent au couvent, et la couturière à la mode apporta une riche toilette de mariée.

Tous ces préparatifs disaient clairement que le mariage allait avoir lieu dans un bref délai. Les parents revinrent plusieurs fois, mais je ne vis ma pensionnaire ni au parloir ni sur la porte. La tante entrait dans l'intérieur du couvent, privilège réservé pour certaines circonstances graves. Les messieurs attendaient son retour au parloir.

Un matin, en me réveillant, je ressentis une impression pénible en entendant des chants funèbres. Je me levai en hâte, et j'arrivai à la fenêtre juste à temps pour voir sortir par la grande porte du couvent un léger cercueil. Toutes les pensionnaires, vêtues de blanc, le suivaient. Anxieusement, je cherchais sous chaque voile à reconnaître leurs traits... je ne la vis point. Et j'aperçus l'oncle un peu ému, le fiancé qui s'efforçait de montrer de la douleur, et le jeune cousin sanglotant sans contrainte, à quelques pas du cercueil.

J'éprouvai d'abord un affreux serrement de cœur, et puis comme un grand soulagement de la voir échapper au marché conclu par sa famille.

Je suivis des yeux le convoi jusqu'au bout de la rue, et ensuite j'allai m'accouder à ma fenêtre sur la campagne.

Bientôt, entre les haies verdoyantes du chemin montueux qui conduit au cimetière, je distinguai les voiles blancs des élèves, et j'accompagnai ainsi du regard, jusqu'à sa dernière demeure, ma pauvre petite amie.

J'ignore encore son nom, car je n'ai jamais eu le courage d'aller l'apprendre sur son tombeau. Pour moi, c'est toujours « ma pensionnaire ».

PAULINE

C'était un beau dimanche d'avril : tous les jardins embaumaient, tous les vergers étaient en fleurs, tous les oiseaux chantaient à perdre haleine, toutes les maisons avaient un air de fête, tous les prés verdoyaient, et la campagne ensoleillée avait une beauté à la fois radieuse et attendrissante.

Oh! le beau dimanche d'avril!

Ce jour-là, on faisait la première communion dans l'église de Cerny.

La messe venait de finir, et le bedeau rustique ouvrait à deux battants la porte de l'église pour laisser s'écouler la foule, et tout au fond, dans le chœur un peu sombre, rayonnait le maître-autel chargé de lumières, de fleurs, et couvert de sa plus belle nappe.

Sous le porche, les familles s'assemblèrent, et presque toutes se dirigèrent vers le cimetière, car c'est un jour où l'on n'oublie pas les absents, et qui n'en a pas des absents?

« Nous n'allons pas au cimetière, nous, mes enfants, dit une femme en deuil à ses deux filles, dont l'aînée venait de faire sa première communion. Nous allons là-bas... vous savez où!... »

Elles s'éloignèrent de la foule, et prirent un chemin au grand soleil, bordé d'arbres en fleurs.

Elles le suivaient toutes trois en silence; la mère, la tête

baissée, les traits empreints d'une douleur profonde ; la plus
jeune de ses filles, suspendue à son bras, attachait sur elle un
regard plein d'amour et de pitié.

La jeune communiante tenait ses mains jointes sur son livre
de prières ; dans ses yeux il y avait aussi de la douleur, mais
cette douleur avait quelque chose de plus doux, de plus résigné
que celle de la mère. Elle avait reçu le grand Consolateur.

Elles marchèrent assez longtemps, et arrivèrent sur un
plateau où la végétation n'était pas riante comme aux abords
du village ; il n'y poussait que des arbres rabougris.

Sur ce plateau, on voyait l'entrée d'une mine, maintenant
abandonnée.

Les trois femmes s'agenouillèrent sur l'herbe, et la mère,
d'une voix sourde, qu'interrompait parfois un sanglot, se mit
à réciter le *De profundis*.

C'est là, dans cette mine, qu'avait été enseveli vivant le père
de famille ! C'est là qu'il avait trouvé une mort horrible au
sein des ténèbres ! On n'avait pu le retirer pour lui donner
une autre tombe. Avait-il péri tout d'un coup ou avait-il
souffert une lente agonie ? Nul ne le savait.

Quand la veuve se releva, ses filles se jetèrent l'une après
l'autre à son cou.

« Mère, nous ne te donnerons jamais un chagrin, » dirent-
elles.

Des larmes plus douces coulèrent des yeux de la veuve, qui
revint au village en s'appuyant sur ses deux filles.

En chemin, on causa du cher absent.

« Il aurait tant voulu te voir faire ta première communion,
ma Pauline ! dit la mère. Il en parlait toujours avec émotion.
Ah ! vous aviez là un digne père ! Il ne pensait pas à s'amuser,
à se distraire au dehors, comme il y en a tant. Il n'aimait pas
à prendre un plaisir sans nous, il ne s'inquiétait que de votre
avenir, et dire que maintenant il faudra...

— Mère, fit Pauline, ne parle pas de cela aujourd'hui...

LA JEUNE COMMUNIANTE TENAIT SES MAINS JOINTES.

aujourd'hui nous sommes avec le bon Dieu et avec le père; il ne faut pas penser à tant de choses. »

La veuve soupira.

« Je me souviens bien de mon père, reprit Octavie, la plus jeune des deux enfants. Nous guettions son retour le soir, sur la porte. Comme il nous embrassait en arrivant! Et si tu n'étais pas dans la chambre, il disait tout en entrant : « Où est la mère? »

— Oui, c'était sa première parole, » dit Pauline.

Elles se turent de nouveau, mais, lorsqu'elles se mirent à table, en rentrant chez elles, elles recommencèrent à parler du père. Ce jour-là, sa place laissée vide paraissait encore plus grande.

A plusieurs reprises aussi, la mère essaya de revenir sur un sujet que Pauline voulait écarter, car elle l'interrompait toujours en lui disant :

« Pas aujourd'hui, mère! »

Elle se taisait, mais l'instant d'après, elle laissait échapper quelques mots sur le sujet défendu. Enfin, elle éclata :

« Et dire que dans huit jours je ne te verrai plus, ma Pauline! »

Dans huit jours, en effet, l'enfant devait quitter sa mère, sa sœur, le village où elle était née, pour aller en apprentissage chez une parente qui était couturière à Paris.

Celle-ci, après la mort du mineur, avait dit à la veuve :

« Quand Pauline aura fait sa première communion, je la prendrai chez moi et vous n'aurez plus à vous inquiéter d'elle. Je lui apprendrai un bon métier et, si elle réussit, elle pourra me succéder lorsque je me retirerai. Quand Octavie aura une douzaine d'années, je m'en chargerai aussi, si cela vous convient et si elle a du goût pour la couture. »

Cette séparation, prévue depuis longtemps, n'en était pas moins cruelle pour la veuve. Et puis, qui sait si Pauline ne s'ennuierait pas à Paris?

Elle prétendait que non; son devoir était de s'habituer là-
bas, elle s'y habituerait, car, dans son cœur d'enfant, il y
avait déjà beaucoup de force et de résignation.

Huit jours après, sa mère et sa sœur la conduisaient
prendre le chemin de fer à une station voisine du village.

Le visage de la pauvre veuve aurait pu servir de modèle
pour une *Mater dolorosa*, mais elle s'efforçait de contenir sa
douleur pour ne pas abattre le courage de Pauline, qui s'en
allait loin et seule, non seulement pour commencer son
apprentissage de couturière, mais encore celui de la vie, le
plus dur de tous.

La mère s'était dit : « Je serai forte. »

Mais, quand le train s'arrêta à la station et qu'il lui fallut
se séparer de sa fille, la pauvre mère, malgré ses résolutions,
éclata en sanglots et tint Pauline si longtemps serrée sur son
cœur, que l'employé fut obligé de l'enlever aux bras maternels.

L'employé était ému de la douleur de cette mère, et pourtant, Dieu sait ce qu'on voit verser de larmes dans les gares!

Il fit monter Pauline dans un wagon, lui tendit son paquet,
ferma la portière sur elle; la cloche retentit, le train s'ébranla
et bientôt, filant à toute vapeur, disparut au tournant de la
voie.

« Oh! ma pauvre petite Pauline! » dit la veuve.

Une main étreignit doucement son bras; elle se retourna et
vit Octavie qui fixait sur elle ses yeux pleins de larmes, et,
par un mouvement passionné, elle la serra sur son cœur.

Dans deux ou trois ans, elle viendrait la conduire aussi à la
gare, celle-là!

« Que les riches sont heureux, dit la veuve, de ne pas envoyer leurs filles au loin, de pouvoir les élever près d'eux!
C'est la seule chose que je leur envie. Je ne me plains pas de
travailler pour le monde, d'avoir quelquefois, le soir, bien
mal dans les épaules, de manger souvent du pain dur; qu'est-
ce que tout cela, en comparaison des vraies peines? Je ne

voudrais qu'une chose, garder ma petite Pauline près de moi. »

Comme elle rentrait au village, un monsieur qui passait près d'elle lui dit :

« Eh bien, Geneviève, vous venez d'embarquer Pauline pour Paris? Je le vois à vos yeux. Mais il ne faut pas tant vous chagriner, qu'est-ce que cent lieues à parcourir de nos jours? Avec les chemins de fer, il n'y a plus de distances.

— Il en parle bien à son aise, M. Vrain, dit la veuve quand il fut passé, lui qui peut semer l'argent sur les routes. Je sais bien qu'on va très vite à Paris, mais le voyage est cher, pour nous pauvres gens. »

Pendant tout le reste du jour, la pensée de la mère suivit sa chère petite fille.

Quand Octavie rentra de l'école, le soir, elle lui dit :

« Notre Pauline doit arriver à Paris, en ce moment. »

En effet, l'enfant descendait de wagon et se dirigeait, un peu troublée, vers la sortie; elle n'avait jamais vu tant de monde ni un pareil mouvement.

Elle avait mis à son bras un signe convenu, pour se faire reconnaître de la personne qui l'attendait à la gare. Ce n'était pas sa tante qui était venue au-devant d'elle, mais une jeune apprentie de celle-ci, une petite demoiselle au minois chiffonné, aux cheveux frisottés tombant sur ses sourcils, et dont la robe était serrée. Elle n'avait qu'un an de plus que Pauline, mais quelle différence de physionomie! Quels airs, mon Dieu, quels airs!

Elle toisa très dédaigneusement Pauline, dont la robe n'était pas à la mode comme la sienne, et dont les jolis cheveux bruns étaient bien lisses, et elle lui dit :

« Avez-vous une malle? »

Pauline montra son petit paquet.

« Je n'ai que cela, répliqua-t-elle.

— C'est bon; alors nous allons prendre le tramway. »

La petite demoiselle, en se faufilant hardiment au milieu

des voitures pour rejoindre le tramway, riait de l'émoi de sa
compagne.

« Oh ! mais, dit-elle, il faudra vous dégourdir ici ! »

Quand elles furent assises dans le tramway, la jeune apprentie examina de nouveau la voyageuse, avec un mélange de
curiosité et de dédain, depuis sa coiffure jusqu'à ses souliers.

Elle se trouvait bien supérieure à Pauline sous tous les
rapports. Aussi le prenait-elle de haut avec elle, l'appelant :
« Ma petite. »

Pauline arriva triste et fatiguée chez sa parente, qui repro-
duisait, mais en plus grand, le type de la petite demoiselle
au minois chiffonné.

« Ta mère, dit-elle à Pauline, m'a écrit que tu aimais le
travail, et que tu avais un excellent caractère. Quand nous
t'aurons *dégourdie* un peu, je crois que nous pourrons faire
quelque chose de toi. »

Le mari de la couturière rentra, et accueillit cordialement
la petite fille.

« Elle paraît gentille, dit-il à sa femme, bien provinciale,
par exemple ; elle se *dégourdira* avec le temps. »

Le lendemain, la couturière présenta Pauline aux ouvrières et aux apprenties de son atelier, toutes parfaitement
dégourdies. Puis, quand elle eut distribué à chacune sa tâche,
elle dit à Pauline :

« Je ne te donne rien à faire. Flavie, qui fait les courses, —
c'était la petite demoiselle au minois chiffonné, — t'emmè-
nera avec elle, et te montrera Paris ; cela t'amusera.

— Je vous remercie, dit Pauline, mais j'aimerais mieux
travailler tout de suite.

— Il te tarde donc bien de commencer ton apprentissage ?

— Oh oui ! »

Les ouvrières et les apprenties riaient. Pauline ne s'en
émut pas, et se mit à *surfiler*, d'un air sérieux, les coutures
d'un corsage.

Un an après son arrivée à Paris, Pauline rendait déjà de véritables services dans l'atelier, et payait bien l'hospitalité de sa parente, qui ne se faisait pas faute d'abuser de sa bonne volonté.

Pauline cousait admirablement, mais elle ne connaissait pas du tout les secrets de la coupe, et la couturière n'était pas pressée de les lui livrer.

« Tu es trop jeune, » lui disait-elle.

Une année tout entière s'écoula encore, mais, au mois d'avril de l'autre année, Geneviève écrivit à sa fille qu'elle l'attendait pour la première communion d'Octavie.

« Il faut absolument que tu viennes, » lui disait-elle.

Pauline obtint assez difficilement un congé, car on était dans le grand coup de feu de la saison printanière.

« Ne reste pas longtemps, lui dit la couturière, et ramène-moi Octavie. Elle travaillera à côté de toi, sous tes ordres. »

Geneviève et Octavie allèrent attendre la jeune fille à la gare.

« Oh ! ma Pauline, dit la mère en la recevant dans ses bras, que tu es pâle !

— C'est que j'ai beaucoup grandi, mère, » répliqua Pauline.

Le lendemain, au sortir de la messe, la veuve et ses filles prirent le chemin qui conduisait à la mine abandonnée.

Comme trois ans auparavant, la campagne ensoleillée, fleurie, avait une beauté à la fois radieuse et attendrissante. Le bonheur d'Octavie était mêlé de tristesse, et la veuve, le front baissé vers la terre, s'absorbait dans d'amers et douloureux souvenirs. Et Pauline, elle aussi, remuait bien des pensées dans sa tête, tandis que son regard allait de sa mère bien vieillie à sa jeune sœur fraîche et pure sous son voile blanc.

Au retour, la veuve dit tout à coup à Pauline d'une voix qu'elle essayait de rendre ferme.

« Est-ce que ta tante t'a parlé d'Octavie ?

— Elle m'a dit de la ramener, mère, » répondit Pauline tout bas.

L'entretien ne se renoua qu'à table. La veuve interrogeait sa fille sur la grande ville.

« On dit que c'est bien beau, Paris? »

Au lieu de répondre, Pauline regardait avec extase le petit jardin en fleurs qu'on apercevait par la porte ouverte ; il arrivait dans la chambre de bonnes odeurs de violettes et de lilas.

« Qu'on est donc bien ici, s'écria-t-elle, que tout est joli, et que ça sent bon chez nous !

— Tu es plus pâle et plus maigre qu'au départ, mais pourtant on ne t'a pas changée à Paris, ma Pauline, dit la veuve. Ce sont bien toujours tes bons yeux, tes bons yeux si honnêtes et si doux ! J'avais peur de ne plus te retrouver la même. On dit qu'on change tant là-bas. »

Après le déjeuner, toutes trois allèrent s'asseoir au jardin, la mère entre ses filles.

Les cloches sonnaient le premier coup des vêpres.

« On entend aussi les cloches à Paris, dit Pauline, et il y en a de bien belles, mais celles-ci me remuent autrement le cœur ! Que je les aime ! »

La mère avait passé un de ses bras autour de Pauline, et, l'attirant vers elle, elle l'embrassait avec passion.

« Vois-tu, il faut que je t'embrasse beaucoup, beaucoup..... pour ces trois années où j'ai été privée de toi, pour ce temps qui me reste encore à passer sans te voir ! »

Et une question, qui lui brûlait les lèvres, se fit jour :

« Combien dois-tu nous rester ?

— Je dois partir après-demain. »

La mère jeta un cri :

« Après-demain !

— Oui, mère, mais je n'ai pas envie d'emmener Octavie à Paris, je n'ai pas envie d'y retourner moi-même. J'ai trop souffert là-bas !

— Oh! mon enfant, pourquoi n'es-tu pas revenue alors?

— Parce que je *voulais* apprendre, parce que je *voulais* revenir avec un gagne-pain. Je suis bien jeune, c'est vrai, mais quelque chose me dit que je réussirai, que je trouverai de l'ouvrage ici. Octavie travaillera près de moi; elle ne saura jamais ce que c'est que la vie d'atelier, comme on y parle et comme on y souffre! Il vaut mieux manger du pain dur ensemble, oh! bien des fois!

— Pardonne-moi, ma petite Pauline, j'avais cru bien faire en acceptant les offres de notre parente; c'était pour mieux assurer ton avenir, je ne savais pas, moi...

— Tu n'as rien à te reprocher, mère. »

Les cloches sonnaient le second coup des vêpres; la veuve et ses filles se rendirent à l'église, où Geneviève pleura, pleura, tantôt de douleur en pensant que sa petite Pauline avait été malheureuse à Paris, tantôt de joie en se disant qu'elle ne la quitterait plus.

Pauline se mit au travail avec confiance et courage. Elle eut bientôt plus d'ouvrage qu'elle n'en pouvait faire; Octavie la secondait de toutes ses forces. La veuve n'avait plus besoin maintenant de travailler chez les autres; elle restait près de ses filles et se donnait tout entière à son intérieur.

Pauline avait beau rester penchée de longues journées sur son aiguille, elle redevenait rose comme dans son enfance. Ah! c'est qu'elle était heureuse entre sa mère et sa sœur, dans cette chambre calme, où ses oreilles et son cœur n'étaient jamais blessés!

UN FILS DES CHAMPS

Luce Beausset, femme d'un riche fermier de la Lorraine, faisait les plus beaux projets d'avenir pour son fils, pendant que celui-ci dormait entre ses bras.

Jean, en sa qualité de premier-né, était très gâté ; ayant remarqué, semblait-il, que sa mère cédait facilement à ses cris, il abusait de cette remarque. Il avait une horreur singulière pour son berceau, et il ne consentait à dormir de bonne grâce que sur le sein maternel. Comment se montrer sévère envers un premier-né, un enfant qui faisait honneur à toute la famille, car à vingt lieues à la ronde on n'aurait certainement pas trouvé un plus beau poupon que Jean, du moins c'étaient les Beausset qui l'affirmaient.

Luce était ambitieuse ; sans renier la terre qui avait enrichi sa famille, tant du côté de son mari que du sien, car elle était aussi fille de fermier, elle avait mis dans sa tête de faire de son fils « un monsieur ». Elle ne le disait à personne, mais cette idée, caressée en silence, s'enracinait profondément dans son esprit.

Jean irait étudier au collège, comme le fils du boulanger, qu'on avait vu venir plus tard, dans le pays, en costume de polytechnicien. Que sa mère était fière de lui, mon Dieu ! Et son père donc ! Et les oncles, et les tantes, et les cousins et les cousines ! Toute la parenté enfin se faisait gloire du jeune homme.

Malgré l'attrait du costume, Luce ne tenait pas pour son fils à l'École polytechnique. Pour elle, il n'y avait pas de position plus enviable que celle d'un notaire.

Voir son fils habiter une belle maison bourgeoise avec une plaque dorée au-dessus de la porte, et portant ce mot magique « notaire », quelle satisfaction !

Deux fois dans sa vie, Luce Beausset avait été appelée à pénétrer dans l'étude d'un notaire; la première, c'était pour le partage des biens paternels, la seconde à l'occasion de son contrat de mariage. La gravité du notaire, les termes incompréhensibles dont il se servait, avaient produit une forte impression sur la jeune femme, et elle n'osait parler qu'à voix basse dans l'étude, comme dans une chapelle.

Luce pensait encore que les notaires font de riches mariages, et que Jean épouserait une *héritière*, une *demoiselle*, et...

La jeune mère n'alla pas plus loin dans ses rêveries, car le futur notaire s'éveilla et se mit à crier, comme un simple poupon qu'il était. Rien encore n'annonçait en lui la gravité notariale.

Il finit par se fâcher tout rouge, parce que sa maman ne comprenait pas assez vite qu'il voulait se promener. Elle l'emmena dehors, et il daigna se calmer et même sourire.

Le soir, après souper, Luce, qui tenait son fils dans ses bras, dit tout à coup à son mari :

« Jacques, est-ce que tu serais bien aise de voir, un jour, ton fils notaire?

— Notaire, dit-il, notaire, notre Jean ! Est-ce qu'on a jamais vu un notaire dans ma famille ou dans la tienne?

— Et quand on n'en aurait jamais vu, riposta Luce, qu'est-ce que cela prouve? On peut faire autre chose que ses parents, je pense? Nous avons encore plus d'argent que le boulanger, et son fils est bien devenu ingénieur. Nous sommes assez riches pour faire de Jean tout ce que nous voudrons.

— Ah bah! laisse-moi donc avec ton notaire; Jean est né,

ELLE FAISAIT LES PLUS BEAUX PROJETS D'AVENIR.

comme tous les Beausset du monde, pour vivre au grand air. Et d'ailleurs, ajouta-t-il avec beaucoup de bon sens, que peut-on dire d'un marmot de huit mois. Sait-on seulement s'il aura de la facilité pour apprendre ?

— Il sera notaire ! dit Luce, qui s'entêtait dans son idée.

— Il sera fermier, femme ! » répliqua Jacques avec un sourire.

Les lèvres de Luce s'étaient pincées ; elle ne plaisantait pas. Elle hocha la tête d'un air décidé en murmurant « notaire, » et elle regarda son mari fixement, comme si elle avait l'intention de l'intimider.

Celui-ci ne dit rien, mais dans ses yeux railleurs, sur sa bouche souriante, Luce lisait le mot « fermier ».

Comme cette vue l'exaspérait, elle abaissa son regard sur son fils :

« Va, murmura-t-elle à son oreille, laisse dire ton père, tu seras notaire, tu habiteras une grande maison et tu épouseras une belle demoiselle ; *je le veux.* »

Jean avait à peine atteint l'âge de quatre ans, qu'il fréquentait déjà l'école de son village. Jacques trouvait que c'était un peu tôt, mais Luce, qui avait toujours l'esprit occupé du but de son ambition, pensait qu'il ne fallait pas perdre de temps pour y arriver.

Lorsque Jean sut lire, écrire et calculer, sa mère le mit au lycée de Nancy. Luce n'avait pas converti son mari à ses idées, mais, pour avoir la paix, il lui avait dit : « Fais ce que tu voudras de ton fils. »

Jean, sans avoir l'esprit très vif, apprenait bien. Il avait du bon sens ; il tenait cela de son père.

Quand il revenait à la ferme, aux vacances, il courait les champs avec bonheur, et plus il grandissait, plus il s'intéressait aux choses de l'agriculture, ce qui ne faisait pas plaisir à Luce, mais Jacques en était enchanté.

« M'est avis, dit-il un jour à sa femme, que notre garçon

aurait fait un fameux agriculteur, et j'ai idée qu'il s'ennuiera étant notaire.

— Un garçon instruit comme ça, agriculteur! dit Luce indignée. Tu rêves, mon pauvre homme!

— Pourtant, femme, il y a des gens bien instruits qui s'occupent d'agriculture. C'est Jean lui-même qui me l'a dit, et il m'a dit aussi : Vous êtes heureux, mon père, de passer votre vie au milieu des champs.

— Propos d'enfant! s'écria Luce avec impatience.

— Qui sait? dit Jacques entre ses dents, » et il gagna prudemment la porte.

« Dans quelques années, pensa Luce, Jean n'aura pas les mêmes idées. C'est parce qu'il est renfermé au lycée qu'il aime tant les champs. »

Lorsque Jean eut conquis avec honneur son diplôme de bachelier, il entra en qualité de clerc chez un notaire de Nancy, pour s'initier à la conduite d'une étude. Luce touchait au but de ses désirs. Il était déjà entendu avec un vieux notaire des environs qu'il ne céderait son étude qu'à Jean Beausset.

« Plus tard, se disait Luce, si j'avais le malheur de perdre Jacques (le ciel m'en préserve!), je vendrais la ferme et j'irais habiter avec Jean. »

Et cette perspective lui souriait beaucoup, quoiqu'elle demandât au ciel de lui conserver longtemps son mari.

Il s'en fallait de quelques mois seulement que Jean eût atteint l'âge exigé par la loi pour être notaire, lorsque Jacques fut emporté par une rapide maladie.

Après avoir assisté aux derniers moments de son père, Jean passa quelques jours près de sa mère, mais son temps était fort limité, car il y avait beaucoup d'affaires pressées dans l'étude où il travaillait.

Du reste, Luce ne cherchait pas à le retenir, car elle craignait de le voir s'attacher à la terre pendant un plus long séjour à la ferme qu'elle avait décidé de vendre. Il avait paru à la mère que Jean n'avait consenti à cette vente que pour ne pas la contrarier. Enfin, tout était arrêté, c'était l'important, et plus tard, pensait Luce, lorsque Jean serait installé dans l'étude du vieux notaire, et bien marié, il ne songerait plus au domaine paternel.

Jean était à peine de retour à Nancy, qu'il écrivait à sa mère :

« Ma bonne mère,

« Ne vendez pas la ferme. Enfin, il faut que je vous l'avoue, je ne suis qu'un fils des champs, et je ne puis me faire à l'idée de passer toute ma vie renfermé dans une étude de notaire ; un sang trop vif court dans mes veines. Surveiller dans les champs les travailleurs, apporter des améliorations aux terres, essayer des machines nouvelles, voilà les occupations qui conviennent à mon esprit autant qu'à ma santé. Oh ! que j'envie la belle liberté de la campagne, la vie au grand air, et, le dirai-je aussi ? les habits larges et commodes ! Mes épaules carrées, mes bras robustes s'accommodent mal des habits du tailleur à la mode. Je me trouve toujours gêné dans les entournures.

» Vous aviez raison, mère, en disant qu'on peut faire autre chose que ses parents, car Dieu, qui répand avec impartialité ses dons, fait quelquefois sortir des plus humbles souches des hommes de talent ou même de génie ; il serait cruel et injuste d'obliger un fils de meunier, par exemple, qui aurait en lui l'étoffe d'un grand artiste, à se confiner dans la farine.

» Mais où vous aviez tort (pardon, bonne mère), c'était quand vous décidiez de ma vie avant de savoir quels seraient mes goûts. Je ne crois pas qu'on naisse notaire comme on naît artiste, car ce n'est pas une de ces choses qui exigent une flamme spéciale, et, quoique sans penchant pour cette profession, j'aurais pu devenir notaire tout comme un autre, si je n'avais tant d'amour pour les champs, et surtout toutes facilités de me livrer à mes travaux de prédilection.

» Vous vous consolerez facilement de n'avoir pas un fils notaire, lorsque vous me verrez heureux et gai près de vous. Ce que doit ambitionner une mère, ce n'est pas de voir son fils plus ou moins haut dans la hiérarchie du monde, c'est de le voir s'occuper suivant ses goûts, et surtout suivre avec honneur la voie qu'il s'est choisie. Tout est là.

» Ne regrettez pas de m'avoir fait donner de l'instruction, ce n'est ni du temps ni de l'argent perdus. Pendant les journées d'hiver, où l'agriculteur n'a rien à faire aux champs, je saurai m'occuper, et mes livres seront pour moi de chers compagnons. Qui sait si je ne jetterai pas aussi quelques idées sur le papier !

» Il me tarde d'être près de vous, et de commencer ma nouvelle vie. Que j'aurais été heureux d'y entrer guidé par mon père ! Cette pensée m'attriste.

» A bientôt, mère.

» Votre JEAN. »

A l'heure qu'il est, Jean Beausset compte parmi les agriculteurs les plus distingués de France. Il a eu des prix et des médailles à tous les comices et concours agricoles, il a inventé une batteuse qui porte son nom, et il a écrit, dans un français clair et élégant, quelques livres d'agriculture qui sont fort appréciés. Ce que c'est que de suivre une voie de son choix !

PIK-POK-PIK

C'était le bruit d'une goutte d'eau tombant avec régularité sur le rebord d'une fenêtre.

C'était une âme malade dans un corps non moins malade, qui écoutait, à travers les mille bruits de la nuit, cette monotone répétition :

Pik-pok-pik !

Et celui qui se retournait sur son lit de douleur éprouvait une espèce de soulagement à entendre tomber la goutte d'eau. Cela peuplait la solitude de la nuit et empêchait le malade de prêter trop d'attention aux battements de la pendule, aux plaintes de la boiserie, aux trottinements des souris à l'étage supérieur inhabité, toutes choses qui, dans le silence et dans un cerveau troublé par l'insomnie, prennent des proportions effrayantes.

Il lui semblait s'être endormi autrefois avec une pareille berceuse.

Ce souvenir était vague et doux.

Pik-pok-pik !

Oh ! tout à coup il se souvint, et le passé défila devant lui. Il vit la maison paternelle. Est-ce que les passants et les voisins ne l'appelaient pas une *baraque?* Il est vrai que, faute d'argent, on ne pouvait y faire de réparations. Trois balafres, au moins, sillonnaient sa façade, et les ouragans avaient dévasté son vieux toit.

C'est là, au-dessus de la chambre des enfants, que s'échappaient une à une, de la gouttière percée, de jolies perles, qui retombaient avec un bruit argentin sur le rebord de la fenêtre couvert de zinc.

Pik-pok-pik!

Le père disait bien de temps en temps : « Il faudra faire réparer cette gouttière. » Mais la gouttière n'avait jamais été réparée.

On était si enfant alors qu'on demeurait à la pluie pour la voir *cracher*.

Une tendre mère grondait bien fort en changeant les vêtements mouillés.

« Oh! pensa le malade, si elle était là pour me retourner dans mon lit, si sa main s'appuyait sur mon front brûlant! »

Et son oreiller se trouva trempé de larmes.

Il y avait longtemps qu'il ne lui était arrivé de songer à ses jeunes années, à la maison paternelle, à sa mère, trois choses douces et sacrées qui répandent sur la vie, lorsqu'on est au loin, une salutaire influence ; trois choses qui veillent dans l'esprit de l'homme assiégé, comme de vigilantes sentinelles protégeant une ville contre les ennemis du dehors.

Il lui sembla d'abord se retrouver tout petit enfant sur les genoux de sa mère, alors qu'il savait joindre ses mains pour prier. Il lui semblait aussi recommencer sa vie. Oh! comme elle allait être différente! Mais elle se déroula telle qu'elle avait été, avec une vérité inflexible. Jamais il ne l'avait vue aussi clairement, ou du moins jamais il n'avait voulu la voir ainsi.

On reste bien peu sur les genoux d'une mère. Et le voilà lancé dans la vie, armé d'une faible volonté. Il donnait de « belles espérances ». On veut en faire quelque chose comme un savant, quoique son père ne soit qu'un vieux bonhomme de scribe, qui passe ses jours au fond de l'étude d'un notaire, à transcrire des actes, à mettre les titres et les noms en ronde, en bâtarde et en gothique du style le plus pur. Il n'a jamais su faire autre chose. C'est un esprit simple, très simple même, mais où brille un vif sentiment de l'honneur. Et voilà que lui qui n'a jamais eu un sou de dettes dans la ville, tout en élevant sa famille, a un fils qui fait de ces dettes pour lesquelles on ne saurait avoir d'indulgence. Le vieux, l'honnête scribe prend toute la honte pour lui. On croit qu'il est mort de ce chagrin.

Une ou deux fois la mère, espérant remettre son fils dans la bonne voie, parvint à payer ses dettes en opérant je ne sais quels miracles d'économie. Mais vint un jour où la mère elle-même, qui ne savait pas gronder, mais seulement prier, parla avec une fermeté inaccoutumée. Elle avait d'autres enfants, d'autres devoirs à remplir, et désormais il répondrait seul de ses folies. Elle lui retraça aussi leur vie laborieuse et austère.

« Est-ce vivre, cria-t-il, que de passer sa vie dans une pareille baraque, sans oser dépenser un sou de plus un jour que l'autre ! Vous n'entendrez plus parler de moi, quand même je serais le plus malheureux des hommes.

— Ah ! mon fils, mes bras te seront toujours ouverts. Quelque jour, j'en suis sûre, dégoûté de ta vie factice, ton cœur s'élancera vers la vieille baraque de tes parents. Puisse-t-elle alors ne pas être déserte ! »

Il sortit et ne revint plus.

Depuis il entassa folie sur folie, sans jamais trouver une heure de repos et de véritable bonheur. Jamais il ne pouvait rester en face de lui, tant la compagnie était mauvaise. Et la maladie, la solitude, l'inaction forcée, le condamnaient à cette compagnie ! Mais c'était l'heure prédite où son cœur s'élançait vers la baraque au vieux toit.

Pik-pok-pik !

. . . .

Midi sonnait à la pendule de la chambre du malade, lorsqu'il se réveilla au bruit de la porte qui s'ouvrait.

Le docteur entrait. Il s'avança vers le lit avec sa froideur et

sa gravité habituelles et il examina attentivement le malade.
Le visage du docteur s'éclaira.

« Tout va bien. Je vous permets de vous lever une heure
aujourd'hui. Pas d'imprudences, et la convalescence sera
rapide.

— J'ai dormi dix heures, dit le malade. Je me sens le cœur
léger, » ajouta-t-il.

Il était sur le point de raconter son histoire au docteur;
mais le docteur était pressé, et d'ailleurs la honte arrêta le
malade. Il s'habilla et s'avança vers la fenêtre. La maladie
avait courbé sa haute taille, sa barbe était inculte; il avait
l'air d'un vieillard et il marchait en chancelant.

« Il faudra que j'apprenne à marcher, comme un petit
enfant, » se dit-il avec un sourire.

On était au printemps. Il s'appuya contre la fenêtre et
regarda dans la cour. Le soleil caressait le faîte de la maison; jamais il n'entrait dans la cour. Quelques fleurs étiolées
poussaient dans des pots ébréchés sur la fenêtre du voisin.
Il n'était rien tombé de plus dans cette triste cour des lar-
gesses du printemps. Le ciel, le tout petit coin du ciel qu'on
apercevait, était bleu. Que tout lui parut beau! Un air tiède
enflait les rideaux de la fenêtre. Il n'avait qu'une pensée :

« J'irai voir ma mère ! »

Je ne sais combien de fois il prononça en lui-même ce
nom de mère, avec douceur, avec délire.

Les gouttes d'eau, en tombant toute la nuit, avaient formé
un petit lac sur le rebord de la fenêtre. Un oiseau vint y
boire, sous ses yeux, avec confiance.

Il joignit ses mains et les tendit vers le ciel bleu.

« O Dieu ! s'écria-t-il, que ce nouveau printemps est
beau ! Et moi aussi je suis un homme nouveau. J'irai voir ma
mère !»

Une dernière goutte d'eau tombant du toit chanta sur la
fenêtre : Pik-pok-pik !...

LE CHALE DE NOCES

Il ne venait point d'au delà des mers; il était français, bien français, jusqu'au moindre fil de son tissu, français comme l'esprit, la tournure, l'œil et le sourire de la jeune fiancée qu'il devait envelopper de ses plis élégants.

Quelle imagination en délire avait semé avec une si magnifique profusion, sur le fond noir de ce châle, tant d'étranges et merveilleuses arabesques, tant de palmes, de fleurs, de feuilles et de festons s'enroulant, se perdant, s'enchevêtrant les uns dans les autres, sans jamais manquer aux lois de l'harmonie?

Pourtant, ce châle n'était point un lot de reine, car mille châles pareils sortirent en même temps de l'immense fabrique et se répandirent dans le monde.

Et celui dont j'ai contemplé souvent la beauté déchue eut pour berceau, à sa naissance, une modeste corbeille de noces.

Une tournure, un esprit, un œil, un sourire français, un cœur droit, vaillant et pur, voilà toutes les richesses qu'Anne apportait à son mari, voilà toute la magie qui charma l'honnête Laurent.

Une robe de levantine brochée, un châle, un serre-cou, une broche avec une paire de dormeuses, voilà tout ce que la ravissante Anne trouva dans sa corbeille de noces.

Dans ce temps-là, on ne déployait pas autant de magnificence que de nos jours pour entrer en ménage.

Je vous jure qu'elle était belle, la jeune femme, avec sa robe de levantine couleur oreille-d'ours, son châle français et son chapeau blanc, qui s'avançait, ainsi que l'auvent d'une ancienne maison, au-dessus de son gracieux visage, comme pour le défendre contre l'admiration indiscrète des passants.

Le nouveau ménage n'était pas riche; mais beaucoup d'amour et d'espérance enflaient les voiles de leur navire. Autrefois on s'embarquait ainsi dans la vie, avec confiance.

Il y a cinquante ans de cela, cinquante ans qu'Anne, au frais sourire, unit sa destinée à celle de l'honnête Laurent, cinquante ans que ce couple faisait retourner les passants dans la rue.

Le temps n'a point changé leur cœur, mais leur démarche vive, leur bonne grâce ne font plus retourner personne. Ils se courbent vers la terre.

Ils ont une respectable couronne de cheveux blancs, et une couronne sans prix de petits-enfants dont les têtes brunes et blondes se marient comme des fleurs de différentes couleurs. La jolie guirlande!

Et le beau châle de la corbeille de noces, le beau châle de cérémonie, qu'est-il devenu? Le temps l'a-t-il épargné? Et pourquoi donc? A-t-il épargné, dites-moi, la ravissante Anne?

Regardez, car nous sommes ici au spectacle, et nous pouvons faire défiler devant nos yeux tous les personnages, toutes les ombres, toutes les marionnettes qu'il nous plaira d'évoquer.

C'est la chambre des grands-parents, une chambre à la fois austère et riante, pleine de souvenirs du passé, et où les jouets épars des petits-enfants se rencontrent sur le tapis avec la canne du grand-père et le vénérable étui à lunettes.

La grand'mère Anne tricote paisiblement auprès de la lampe, au milieu du bruit des petits-enfants, qui bourdonnent comme de joyeuses abeilles. Une douce sérénité est répandue sur ses traits. On voit qu'elle s'est avancée dans la vie en faisant le bien, sans jamais murmurer contre sa tâche parfois lourde, sans jamais accuser la Providence.

Regardez.

Sur l'ombre de ce qui fut le beau châle de noces, le grand-père Laurent fait une « patience » avec un gros paquet de cartes qu'il aligne les unes au bout des autres sur toute la longueur du tapis. A peine si le châle est digne de cet emploi. Oh ! de quelle dent terrible le temps l'a mordu !

La grand'mère laisse là son tricot, elle relève ses lunettes sur son front, et, pensive, jette un long regard au tapis fané.

« Voilà pourtant ce qu'est devenu mon châle de noces, dit-elle, comme se parlant à elle-même ; un si beau châle ! »

Les petits-enfants suspendent leurs jeux, et se pressent autour d'elle, parce qu'ils croient qu'elle va leur raconter une histoire.

La grand'mère poursuit :

« Lorsque Laurent m'a demandée en mariage à mes parents, — il y a de cela cinquante ans ; mon Dieu ! comme le temps passe ! — j'étais une bien gentille jeune fille, vingt ans à peine, la fleur de l'âge. »

Quelques bouffées de jeunesse montent au cerveau de la grand'mère. Elle redresse sa taille courbée, et paraît encore élégante et majestueuse.

« Comme le temps passe ! et cependant, il y a eu de longs jours de deuil à notre foyer ! Oh ! quelle épreuve ! Être tout près de la tombe et voir y descendre avant soi une fille unique, un gendre, tous les deux pleins de jeunesse, laissant quatre enfants à élever. »

Le grand-père Laurent pousse un gémissement et passe sur ses yeux une main tremblante.

Mais la grand'mère, absorbée par ses souvenirs, ne l'entend pas et continue à parler à demi-voix, et comme dans un rêve.

« Heureusement, Laurent et moi nous avons foi dans la

Providence; elle ne nous a jamais abandonnés. Parfois la
tâche a été rude et la fortune ne nous a pas souri. Mais nous
avons toujours regardé plus bas que nous, et nous avons béni
le ciel.

» Laurent était un cœur vaillant qui prenait pour lui la plus
lourde part. Ce brave ami, combien sa parole affectueuse et
forte a de fois relevé mon courage ! Ah ! je ne m'étonne pas que
la route paraisse moins longue et moins rude, avec un pareil
compagnon à ses côtés. Pourquoi nous plaindrions-nous de
la vie avec amertume ? Voilà que les petits-enfants s'élèvent et
prospèrent. C'est plaisir de voir leurs visages brillants de
santé, André, Gilbert, Henri, seront d'honnêtes garçons, et
Suzanne a déjà l'air d'une petite ménagère. Oh ! celle-là sera
une perle de beauté, d'esprit, de bonté. Hélas ! lorsqu'elle
sera en âge de se marier, il y aura longtemps que les vieux
parents seront couchés dans la tombe ! »

La grand'mère s'est tue, mais elle rêve encore du passé, de
l'avenir, et ses mains laborieuses restent inactives.

Le grand-père a cessé d'étaler ses cartes sur le châle de
noces, pour évoquer, lui aussi, le passé.

Les enfants ont repris leurs jeux bruyants dès qu'ils ont
vu que la grand'mère ne leur faisait pas de conte.

La grand'mère, pendant toute la nuit, a vu passer devant
ses yeux sa robe de levantine oreille-d'ours, son cachemire
français et son chapeau blanc à l'anglaise.

Et maintenant savez-vous ce qu'il est encore devenu, le
beau châle de noces ?

Un vulgaire frotteur en traîne les lambeaux sous ses pieds,
à travers l'appartement, en sifflant avec indifférence.

Mais la grand'mère Anne repose dans la tombe.

Sa mort, ainsi que sa vie, a été pleine de douceur et de
résignation. Elle n'a point légué de richesses à ses petits-
enfants ; mais je crois qu'elle leur a donné un vrai trésor en
leur apprenant à s'en passer.

L'ARBRE ET L'HOMME

« Mademoiselle,

» Vous m'avez bien recommandé de vous mander tous les événements qui arriveraient au village, les mariages, les naissances, les morts, et je n'ai garde d'y manquer. J'arrête la petite Manette Flavignot, qui a une si jolie plume, et je lui dis : «·Si tu veux écrire pour moi à mademoiselle, je te donnerai un ruban à la Saint-Thibault. » Tant pour me rendre service, car c'est une bonne petite fille, que pour le ruban, car elle est un brin coquette, elle prend sa plume, et je lui dicte mot pour mot; personne ne dit les choses comme je voudrais.

» Figurez-vous, mademoiselle, que j'étais à repriser des torchons sur le banc vert à l'ombre de la maison, lorsque tout à coup j'entends un craquement; je lève les yeux, et en même temps je vois le gros tilleul s'abattre sur la place; la terre en a tremblé. Aussitôt ce fut une rumeur dans le village; on sortait de la maison de la poste, de l'auberge, de chez le tisserand, on accourait du haut du village, si bien que tout le monde se trouva rassemblé autour du tilleul, sauf ceux qui étaient aux champs, et chacun disait son mot : « Il était si vieux ! — On devait s'y attendre. — Quel dommage, un si bel arbre ! »

» Voyez-vous, mademoiselle, malgré son grand âge, il avait l'air de se porter aussi bien que vous et moi; mais il était miné au dedans. C'est comme des gens qui s'en vont tout à coup

sans que personne les ait crus malades, ils meurent debout
avec leur bonne mine.

TOUT LE MONDE SE TROUVA RASSEMBLÉ AUTOUR DU TILLEUL.

» Mais ce qui vous aurait fait de la peine, mademoiselle, c'est
que, le gros tilleul étant tombé quand les oiseaux ont leurs

nids pleins d'œufs, les pauvres bêtes volaient autour en criant comme des désespérées. C'était un vrai concert de lamentations. Vous pensez comme les nids ont été arrangés. Pour vous donner une idée de cette chute épouvantable, je vous dirai que le corps du gros tilleul s'est moulé dans la terre, et qu'on a eu grand'peine à l'arracher de la tombe qu'il s'était creusée lui-même.

» Quand on l'a scié, un malin du pays (c'est M. Maisnières) a dit : « Maintenant nous allons connaître son âge. » C'est par des cercles à l'intérieur de l'arbre qu'il voit cela, à ce qu'il prétend ; autant de cercles, autant d'années. Il avait cent deux ans ; c'est un grand âge, et nous ne sommes pas sûres d'y arriver ni l'une ni l'autre.

» La commune l'a fait fendre, scier, et l'a vendu par morceaux ; tout le monde voulait en avoir. Vous savez qu'on était glorieux du gros tilleul dans le pays. Pour ma part, j'ai acheté un petit bloc, dans lequel on a taillé deux paires de sabots, et puis du branchage que je brûlerai cet hiver. Comme j'ai pensé que vous seriez bien aise d'avoir un souvenir du vieux tilleul, je vous ai fait faire une paire de fins sabots ; ils sont tout à fait élégants avec une bride rouge sur le cou-de-pied. Je vous les enverrai par la prochaine occasion ; je n'ai pas encore confiance dans le chemin de fer, sans cela je pourrais les faire partir par Dijon. Non, j'aime mieux attendre, ce sera plus sûr.

» Mais, j'y pense, on ne met peut-être pas de sabots à Paris ? Pourtant j'ai entendu dire qu'il y avait aussi beaucoup de boue dans la capitale, et qu'elle était bien noire. Enfin, mademoiselle, je vous les enverrai toujours.

» J'allais oublier de vous apprendre que M. Grignard est mort. Personne ne l'a regretté. Pendant sa vie il n'a pas donné un morceau de pain à un pauvre ; aussi, quoique ce soit un chrétien, on a moins parlé de sa mort que de celle du tilleul. Ce dernier abritait les oiseaux, donnait des fleurs aux malades, et son ombre aux mendiants, aux voyageurs, à tous enfin.

» Il semble qu'il n'y ait plus rien sur la place : il en ombrageait quasi la moitié. On voit maintenant la route jusqu'au tournant, et la maison du boulanger.

» Voilà, mademoiselle, je n'ai plus rien à vous marquer pour le moment. Je vous salue bien, et suis votre dévouée servante.

» MADELEINE BIRAUDIER. »

La lettre de la vieille servante m'apportait la nouvelle de deux morts : celle d'un arbre et celle d'un homme. Elle parlait longuement de la première avec une sorte d'attendrissement, de l'autre très brièvement, à la fin de sa lettre ; encore avait-elle failli oublier de l'annoncer. Elle disait : « Quoique ce soit un chrétien, on a moins parlé de sa mort que de celle du vieux tilleul. »

L'arbre laissait un souvenir bienfaisant, et l'homme rien, ah si ! de l'argent, de l'argent adoré comme un dieu, et que des héritiers sans affection et sans larmes s'apprêtaient à croquer à belles dents. C'est souvent le sort de l'argent d'avare. On avait beau fouiller dans la longue vie de cet homme, on n'y découvrait que sécheresse, égoïsme, pas un sentiment d'humanité. Aussi, comme on est mort, deux fois mort pour tous, quand on a vécu pour soi tout seul !

Cette histoire de l'arbre et de l'homme ressemblait à une parabole faite pour montrer que la créature humaine est bien peu de chose quand elle n'a pas su se servir de son cœur. C'est par là qu'elle vit et qu'elle est grande.

L'homme n'ouvrait jamais sa porte pour répondre à la prière d'un malheureux.

L'arbre était la halte d'été de tous les passants. Il était si bien à portée de la route, et frais et superbe, il semblait jeter aux fatigués une invitation pressante et amicale :

« Venez, venez, mon ombre est douce ! »

Souvent on voyait un voyageur, las et couvert de poussière, quitter la route blanche, et venir s'étendre avec son chien

haletant sous le dôme épais du beau tilleul. Le voyageur
faisait un somme sur le fin gazon, puis repartait d'un pas plus
élastique.

Le vieil arbre avait ses hôtes attitrés, mendiants ou petits
colporteurs, qui se servaient, toute la belle saison, de sa tente
magnifique. Quelquefois un pauvre âne pelé, déchargé d'un
ballot de marchandises, broutait quelques touffes d'herbe
autour du tilleul. Pourtant, un avis, collé sur le tronc même
de l'arbre vénérable, menaçait d'un procès-verbal tout propriétaire qui laisserait paître ses bêtes sur la place du village.
Mais l'âne ne savait pas lire, et quelquefois le maître pas plus
que l'âne. Et l'animal, ignorant l'avis menaçant, savourait
l'herbe en toute innocence, pendant que l'autorité fermait les
yeux derrière ses persiennes closes.

Oh! les jolis tableaux!

Chaque année on épiait avec le même intérêt les premières
feuilles du tilleul. Il n'était jamais en retard sur les jeunes
arbres; la sève montait bien de son cœur dans la ramure. Et
lorsqu'un beau matin, un parfum doux et pénétrant entrait
dans la maison, chacun s'écriait : « Le gros tilleul est fleuri! »
C'était un évènement.

Et ces longues journées d'été passées sur le banc d'où
Madeleine avait vu tomber le vieil arbre? Tout un peuple
d'oiseaux jacassait dans les branches du tilleul, et dans les
granges voisines le fléau retombait en cadence; un troupeau
d'oies descendait et remontait la route, criant, battant des
ailes, s'effarant devant les voitures. On se laissait vivre, en
écoutant cette symphonie villageoise.

Par ces beaux jours, le père Grignard fermait ses fenêtres,
car le soleil est la ruine des maisons, c'est lui qui fane les pa-
piers, brûle les rideaux, et mange la couleur des étoffes. C'est
un voleur. L'harpagon du village, retiré dans sa maison noire,
ressemblait à une araignée qui tisse sa toile dans l'ombre.

O malheureux!

HISTOIRE D'UN SONNEUR

« Je devine bien pourquoi vous êtes venu me relancer dans ma tour, me dit le sonneur en me regardant fixement, vous espériez voir « un type ». Là, franchement, est-ce vrai? Mon Dieu, je ne vous en veux pas, je connais les auteurs mieux que vous ne le supposez, et je sais qu'ils sont toujours en quête de figures curieuses. La mienne doit vous satisfaire! Mais, je vous en préviens, il n'y a dans ma vie aucun évènement tragique ou extraordinaire; je n'ai guère que des impressions à raconter.

» Je suis né dans cette chambre; j'ai toujours été familier avec les cloches. Le jour de ma naissance, mon père se paya le plus joyeux carillon qu'il ait jamais sonné. Ce fut comme une lettre de faire-part qu'il envoya dans toute la ville. Et lui il se disait en ébranlant les cloches : « Il fera un bon petit sonneur. »

» Tout enfant, voulant imiter mon père, je prenais la grosse corde d'une cloche dans mes petites mains, et je la tirais de toutes mes forces; mais, contrepoids trop faible pour une semblable masse, j'étais soulevé au-dessus du plancher, comme si une main invisible avait tiré la corde en haut, et je trouvais cela bien étrange; du reste ce n'était pas la seule chose étrange de ce séjour.

» Dès que la nuit était tombée, j'entendais un bruit de pas étouffés dans l'escalier, comme des gens qui montent sans lumière et se heurtent aux marches; souvent on frôlait notre porte, et je croyais qu'on allait entrer.

» La première fois que ces bruits singuliers me frappèrent, et que j'en demandai l'explication, mon père me répondit : » Ce sont les rats. » Comme il était très taciturne, et que mes questions d'enfant paraissaient l'ennuyer, je le questionnais peu.

» Parfois, la nuit, lorsque le bruit devenait trop fort, mon père se levait et, armé d'un bâton, sortait de la chambre. Alors, pendant quelques minutes, on entendait un violent tapage.

» Lorsqu'il rentrait, son bâton était sanglant, et si je lui demandais à moitié éveillé : » Qu'y a-t-il donc, père? » Il me répondait : » Ce sont encore ces maudits rats! » Et il se recouchait en grommelant.

» Les rats, sur lesquels je n'avais que des idées vagues, m'inspiraient en même temps que de la frayeur une vive curiosité. Un soir, tout tremblant de ma hardiesse, je demandai à mon père de me les montrer. Il y consentit. Je me suis toujours souvenu de cette soirée et de la solennité de mon attente. Enfin les rats commencèrent à glisser le long des murs, et mon père, s'avançant à pas de loup vers la porte, me dit à voix basse : » Viens. »

» Il entr'ouvrit doucement la porte, si doucement qu'elle ne fit pas entendre son grincement habituel, et, me poussant dans l'étroite ouverture, il murmura en élevant la chandelle au-dessus de ma tête : » Regarde. »

» Une seconde, j'aperçus la noire réunion de ce peuple nocturne, qui couvrait les marches de l'escalier de la tour. En un clin d'œil, il se dispersa et rentra je ne sais où.

» Quoi! c'étaient là ces rats qui avaient tenu si longtemps mon imagination en éveil! Je me les étais figurés comme des êtres mystérieux, voilés. J'eus un véritable désappointement. Que de choses dans la vie sont ainsi embellies par notre imagination, et prennent des proportions bien au-dessus de leur taille!

» Mon Dieu, oui! certains personnages, vus dans le lointain, ont une grandeur et un prestige imaginaires, qui s'évanouissent dès que la lumière tombe en plein sur eux. Ces géants ne paraissent alors guère plus hauts que des rats.

» Cependant le mépris que m'inspiraient maintenant les habitants de l'escalier ne m'empêchait pas, les soirs d'hiver, lorsque je revenais de l'école et que déjà le jour pâle des rues s'était enfui de la tour, de lever les pieds aussi haut que possible pour ne pas marcher sur la queue d'un rat, me figurant avec un frisson désagréable qu'il serait capable de me mordre les mollets.

» Lorsque je fus plus grand, que j'eus douze ans environ, avec ces instincts de guerre et de destruction que déjà tout enfant l'homme porte en lui, je m'associais avec ardeur aux carnages de mon père, et nous faisions de temps à autre des sorties contre les rats. Nous autres hommes, nous préludons de bonne heure à des guerres plus sérieuses. Pour tuer, on ne va point chercher les femmes. Ma mère, elle, se contentait de ramasser les morts, et nous suppliait d'achever les rats qui donnaient encore signe de vie. C'était une femme douce, tendre, craintive, et dont le visage éclairait pour moi toute la chambre. Je ne m'étais jamais aperçu que cette chambre fût sombre, elle me plaisait avec ses noires poutrelles et son étroite fenêtre de prison. On entendait les sons de l'orgue, les basses profondes des chantres, les voix perçantes des enfants de chœur; mais, assourdis par l'épaisseur de la muraille, musique et chants d'église avaient un charme singulier, et semblaient venir d'un autre monde.

» J'étais devenu assez fort pour sonner les cloches, et je les sonnais en artiste. J'étais persuadé que je remplacerais un jour mon père, et je n'avais alors aucune autre ambition. Et cependant on me faisait faire « mes classes ». Quoique le prix de la pension fût assez modique, mes parents n'auraient pu la payer; mais une personne riche de la ville, frappée de la tournure originale de mon esprit, avait dit un jour à mon père : « Que comptez-vous faire de ce garçon? » Et mon père avait répondu, non sans orgueil : « Un bon sonneur comme moi.

» — Ce serait dommage, il faut qu'il fasse ses études. Il y a dans cet enfant des dispositions à cultiver. Je me charge de lui. »

» Mon père se laissa convaincre, et c'est ainsi que je fus envoyé au collège.

» Je ne répondis pas tout à fait à l'attente de celui qui faisait les frais de mon instruction. Ne travaillant qu'à mes heures, je me laissais dépasser par des élèves moins bien doués que moi peut-être, mais beaucoup plus *piocheurs*, et moins tourmentés par leur imagination.

» Il vient un âge où il nous pousse comme des ailes, où, semblables à l'oiseau qui essaye les siennes, nous décrivons d'abord un petit cercle autour du nid, puis un plus grand, jusqu'à ce que nous ayons perdu de vue notre premier abri.

» Peu à peu je trouvai notre chambre étroite : un sang vif circulait dans mes veines, mes poumons aspiraient au plein air. Les bois qui formaient une ligne sombre à l'horizon, la rivière que je voyais du haut de la tour, sur un long espace, onduler entre les grands prés, m'attiraient d'une façon irrésistible. Au lieu de me mêler sur la place aux jeux des garçons de mon âge, je m'en allais au loin dans la campagne les jours de congé, et, je dois l'avouer aussi, quelquefois je manquais la classe pour satisfaire cet impérieux besoin d'espace et d'air. Je passais la journée hors de la ville. Tantôt je m'asseyais au bord d'un bois, ayant sous les yeux la plaine cultivée, inondée par le soleil ; tantôt je m'enfonçais sous les arbres, je suivais des sentiers envahis par les ronces et les fougères, et quand j'avais trouvé une bonne retraite, je me

couchais dans l'herbe, et je me laissais vivre. J'ai été dans les
bois en toute saison. Au printemps, c'est leur beau moment,
leur moment de gloire à cause des nuances variées du jeune
feuillage, des pousses rougissantes des chênes et de l'éclat
des genêts, qui me font l'effet, penchés au bord des chemins
ou parsemés dans les taillis, de les éclairer avec leurs fleurs
d'or. Les oiseaux chantent à plein gosier ; on entend les
froissements du feuillage, les petites herbes qui frissonnent
au moindre souffle d'air, et comme une continuelle crépita-
tion produite par le mouvement des millions et millions
d'insectes qui vivent sur les feuilles et dans les mousses.
Un immense bourdonnement remplit le bois; chaque arbre
sous lequel on s'assoit paraît occupé par une ruche. On se
lève, on marche, le bruit continue : on se croirait poursuivi
par un essaim invisible.

» Et l'hiver? l'hiver, le vent se plaint dans les bois en
agitant les feuilles sèches des chênes, en tordant les branches
dépouillées. Les pas ont de l'écho : on dirait toujours que
quelqu'un vous suit. Je connais bien les bois, allez !

» Lorsque je passais ainsi la journée dans la campagne,
souvent le son de mes cloches m'y arrivait, me traduisant
assez fidèlement ce qui se passait dans ma demeure. Mon
père connaissait-il mon escapade, il sonnait avec furie ; les
cloches ébranlées par saccades trahissaient une main ner-
veuse, qui ne promettait rien de bon, et je n'étais nullement
encouragé à revenir au logis.

» D'autres fois, je reconnaissais la main de ma mère ; les
cloches devenaient suppliantes, et semblaient me dire :
« Reviens, mon enfant, reviens! » Et si je prolongeais encore mon absence, à l'heure du couvre-feu elles éclataient
en plaintes et comme en sanglots. Leurs dernières et faibles
vibrations ressemblaient aux soupirs d'un cœur qui a perdu
tout espoir. Alors je me représentais ma mère en larmes, et
suppliant mon père d'être indulgent.

» Je revenais en courant vers la ville, et je trouvais en effet ma mère en pleurs, et mon père tout disposé à m'administrer une correction.

» Et si je demandais à ma mère : « Qui a sonné ce soir ? » elle me répondait avec un accent qui m'allait jusqu'au fond du cœur : « C'est moi, mon enfant, je pensais que tu m'entendrais ! »

» Ces jours s'en allèrent vite. Je sortis sans aucun titre du collège, où les études n'étaient pas complètes. Je discourais faiblement en latin : il m'a toujours été impossible d'entrer dans la peau des héros que j'étais obligé de faire parler dans cette langue. Quant au français, je le possédais bien ; de plus, je mettais l'orthographe ; mais j'avais une écriture déplorable : sans cela j'aurais pu paperasser toute ma vie dans une obscure administration de province.

» Pour moi, ma voie me semblait nettement tracée. A l'âge où presque chacun de nous prend une plume, et essaye de traduire, soit en vers, soit en prose, ces élans de jeunesse qui donnent souvent peu de fruits, mais quelques jolies fleurs passagères, je m'étais senti le goût d'écrire, et j'avais écrit, ce qui avait achevé de me dégoûter du latin.

» A peine sorti du collège, alors qu'on cherchait à me faire entrer dans une pharmacie pour y piler des drogues, je pris tout à fait ma volée, et m'en allai à Paris. J'y vécus misérable, et peu goûté. On trouvait que je cherchais à imiter le singulier génie d'Hoffmann, et que mes écrits manquaient de réalité. L'étrangeté de ma demeure, celle de mes premières impressions, avaient vivement frappé mon imagination : elle en conservait une empreinte indélébile. Mes personnages, bizarres pour la plupart, se mouvaient dans un jour fantastique, qui ne peut plus convenir à notre siècle, je le reconnais.

» J'étais depuis plusieurs années à Paris, lorsque mon père mourut en sonnant les cloches à toute volée, un jour de grande fête ; son père était mort de cette façon : je m'attends à mourir de même.

» Ma mère m'écrivit qu'elle allait être obligée de céder sa chambre au nouveau sonneur ; elle en éprouvait autant de chagrin que si cette chambre eût été gaie et agréable.

» On aura de la peine à remplacer ton père, me disait-elle, c'était un fameux sonneur ; toi aussi, tu sonnais joliment bien autrefois, c'était une vraie musique. Ton père, lui, me cassait un peu la tête quand il sonnait ses grands carillons après avoir bu une bouteille, le pauvre défunt ! Puisque tu as tant de peine à vivre là-bas, tu ferais peut-être bien de revenir ici prendre la place de ton père. Il y a des personnes qui disent que Paris est un mirage, et qu'il vaudrait souvent mieux ne pas quitter sa ville natale.

» On peut toujours y revenir, mon enfant. Quoique tu m'aies donné quelques petits chagrins, car je vois bien à présent qu'ils étaient petits, tu as toujours été un bon fils. Nous serions heureux ensemble, mais fais ce que tu voudras. »

» Après la lecture de cette lettre, il me prit un vif désir de me retrouver avec ma mère, et d'habiter encore la chambre de la tour. Jamais la misère ne m'avait étreint aussi fortement ; ma plume ne suffisait même pas à m'assurer le pain du lendemain, et dans ces douloureuses conditions de travail mon style commençait à perdre la couleur qui faisait son principal charme.

» Je demandai et j'obtins de succéder à mon père. Les premiers jours, je sonnais avec plaisir, avec une réminiscence de joie enfantine. Mais après ? ce plaisir revenait trop souvent, et ne tarda pas à me paraître une tâche fastidieuse. Ma journée est longue ; elle commence dès les 4 h. 1/2 par l'Angélus, et se termine le soir à 10 heures par le couvre-feu ; c'est une ancienne coutume qu'on laisse subsister. Entre cette première sonnerie et la dernière il y en a plusieurs, sans compter les mariages, les baptêmes et les enterrements.

En outre, je suis chargé de veiller aux incendies. Avant de me coucher, je monte sur la plate-forme de la tour, et je m'assure qu'on ne voit aucune sinistre lueur dans la ville et dans la campagne. Si je découvre quelque chose, je dois crier *Au feu!* dans mon porte-voix, puis sonner le tocsin. Il ne faut pas croire que l'emploi de sonneur soit ici une sinécure.

» Ma mère, pour laquelle j'avais en partie accepté cette place, mourut peu de temps après mon retour.

» Je m'aperçus alors que la chambre était trop sombre; les ronflements de l'orgue me fatiguaient, et les chants confus des cérémonies funèbres éveillaient en moi mille noires pensées que l'enfant ignore. Au lieu de dormir d'un bon sommeil, je passe maintenant mes nuits à écouter les heures, les quarts et les demies que l'horloge de l'église sonne d'une voix lente et profonde près de moi.

» Quelquefois j'essaye encore d'écrire, mais ma pensée alourdie a peine à sortir, et je reste accoudé sur ma table, dans une douce torpeur; de vagues idées tourbillonnent dans mon cerveau. Du reste, je ne vous le cache pas, puisque vous m'avez surpris dans mon tête-à-tête favori : je remplace souvent la plume et l'encrier par un verre et une bouteille, et de plus en plus je ressemble à feu mon père, que j'ai vu souvent passer des heures entières dans la même compagnie et la même attitude.

» Que voulez-vous? ce séjour est froid, il faut bien se réchauffer un peu le sang; d'ailleurs, je n'en abuse pas; une petite goutte de temps à autre... rien que de regarder mon verre cela me réchauffe déjà. »

Et le sonneur sourit à la bouteille placée sur la table. En ce moment-là, il ressemblait à un personnage de Téniers.

Pourtant son front ne manquait pas de noblesse; sa physionomie était fine; mais l'amour de la bouteille avait laissé sur son visage de visibles empreintes.

« Voilà ! reprit-il, je vous ai tout raconté. Ah ! si ma vie était à recommencer !

— Que feriez-vous ?

— J'irais encore dans les bois, au printemps, voir le feuillage nouveau, les genêts d'or ; j'irais écouter les chansons des oiseaux, le bruit des feuilles et des herbes froissées, le bourdonnement des insectes, mais les jours de congé seulement. Je ne me laisserais pas uniquement conduire par l'imagination, je lui donnerais un sage compagnon : le travail. Pour arriver à quelque chose, si bien doué qu'on soit, il ne faut pas les séparer. Si vous écrivez un jour ce que je viens de vous raconter, c'est la conclusion que vous donnerez à mon récit. »

Je lui promis qu'il lirait un jour son histoire, mais j'ai trop tardé à mettre ma promesse à exécution; le pauvre homme est mort en carillonnant un beau mariage !

Néanmoins, je tiens à déclarer que tout dans ce récit appartient au sonneur, qui a réellement existé, je l'affirme.

UNE AME MAL LOGÉE

Séraphin Bonnet avait reçu de son père un nom qui prêtait à rire et de la nature un masque jovial; il en souffrit de bonne heure et il en souffrit toute sa vie. Quoique son cœur fût aussi tendre que celui de bien des gens dont les yeux se changent à tout propos en fontaines, les siens restaient secs dans les circonstances les plus douloureuses.

C'était un petit homme, presque aussi large que haut. Ses camarades de collège l'avaient surnommé « Tonneau ». Ses petits yeux ronds, d'un bleu pâle, lorsqu'il trottait dans la rue, semblaient écarquillés, par un étonnement perpétuel... Si bien que les passants qu'il regardait avec ces yeux-là se demandaient : « Que nous veut-il? » Le plus souvent M. Bonnet les regardait sans les voir.

Son nez était retroussé, non point railleusement, ce qui eût donné quelque piquant à sa physionomie, mais d'une façon tout à fait « bon enfant ». Sa bouche petite, aux lèvres épaisses, par suite de sa conformation naturelle avait toujours l'air de sourire, même lorsqu'il en avait le moins envie. Par cette porte entr'ouverte, on voyait qu'intérieurement la bouche était bien meublée de dents qui, par bonheur, faisaient plaisir à voir.

Un léger détail complétera la physionomie de Séraphin Bonnet; au-dessus de ses yeux écarquillés, ses sourcils formaient deux buissons hérissés.

Sa prononciation était difficile; il semblait que sa langue elle-même fût alourdie par la graisse qui était le fléau de toute sa personne.

Eh bien, cette enveloppe comique, grotesque même, couvrait une âme délicate, une âme d'artiste! C'était comme un tonneau grossièrement fait qui renferme un vin de choix.

Dès l'enfance, Séraphin Bonnet commença l'apprentissage des tristesses de ce monde. Il ne reçut jamais les caresses de sa mère, et il n'avait guère que huit ans lorsque son père mourut en le confiant à son frère. Celui-ci mit immédiatement son neveu au collège pour s'en débarrasser. Là, Séraphin attrapa de fréquentes punitions pour « sa tenue inconvenante ». C'était son maudit sourire qui lui jouait de mauvais tours. Il fit de médiocres études et sortit du collège avec une vocation musicale très prononcée; la musique avait empiété sur le latin et le grec. Oui, les doigts épais de ce « gros réjoui » tiraient d'un violon des accords capables de vous arracher des larmes.

Cependant son oncle ne voulut point croire à cette vocation. D'ailleurs M. Honoré Balot avait les artistes en assez pauvre estime, et la raison, c'est qu'il était bonnetier dans l'âme. Plus la musique était belle, plus elle l'agaçait.

Lorsque son neveu lui révéla sa passion musicale, il le prit par le bouton de son habit, et, le clouant ainsi sous son regard, il lui tint ce langage :

« Le vœu de ton père était de te voir entrer dans ma maison et devenir un jour mon associé.

—Alors pourquoi, s'écria Séraphin, m'avoir fait apprendre le latin et le grec et perdre tant de belles années sur les bancs du collège? Avais-je besoin d'être si savant pour devenir bonnetier?

— Non, mais cela pose toujours bien un homme d'avoir fait ses études; d'ailleurs, c'était aussi le désir de ton père.

— Pour en revenir à la bonneterie, je te dirai que c'est

une branche du commerce qui s'étendra de plus en plus. La
génération actuelle est sensiblement plus frileuse que les
précédentes; à mesure que les hommes se refroidissent, les
actions du tricot de laine montent. As-tu remarqué comme
les cheveux deviennent rares, et comme le bonnet de coton,
tant ridiculisé, est adopté avec enthousiasme, même par la
jeunesse? Je te répète que la bonneterie a le plus grand
avenir.

— C'est possible, mon oncle, mais je ne me sens aucun
goût pour le commerce.

— Ce goût te viendra, mon neveu. Demain tu commen-
ceras ton apprentissage... sinon, je coupe les vivres. »

Cette dernière raison vainquit la résistance de Séraphin.
Ce n'était pas une nature à triompher de tout pour arriver à
son but.

Le futur bonnetier avait besoin d'épancher son chagrin
dans le cœur d'un ami. Il courut chez son meilleur camarade.

Mais, au lieu de le plaindre, celui-ci s'écria :

« Bonnetier! mais c'est parfait, mon cher! Tu as un nom
de bonnetier, une figure de bonnetier; ta voie était toute
tracée, et tu ne peux manquer de faire ton chemin. »

Séraphin quitta son ami en emportant de plus, avec son
chagrin d'être bonnetier, celui de n'être ni compris ni plaint
par son meilleur camarade.

Malgré tout, Séraphin Bonnet devint le modèle des bon-
netiers. Il mit à s'acquitter d'une tâche qui ne lui procurait
aucune satisfaction, la conscience qu'il avait toujours mise
à toute chose. Dix ans après son entrée chez son oncle, il
devint son associé. Alors il se maria. L'excellent Séraphin,
âme affectueuse et naïve, éprouvait pour la compagne qu'il
s'était choisie le plus sérieux attachement.

Quant à elle, elle épousait M. Bonnet, dont toutes les
jeunes filles riaient, uniquement « pour se faire une position ». Elle était fort humiliée d'épouser ce petit homme gro-

tesque, dont elle ne soupçonnait pas les admirables qualités.

Un soir, quelques jours après son mariage, Séraphin voulut faire de la musique. Il n'avait jamais abandonné le violon, compagnon fidèle de plus d'une heure de dégoût et de tristesse. Il en jouait avec âme, et il pensa que c'était le moment de dévoiler son talent à sa jeune femme.

C'était le premier soir de l'année; on n'entendait aucun bruit dans la maison, tous les autres locataires étant allés passer ce jour de fête chez leurs parents ou leurs amis. La jeune femme était assise près du feu dans une attitude mélancolique. Peut-être songeait-elle à sa famille, dont elle était séparée pour la première fois; l'éloignement a, les jours de fête, quelque chose de plus douloureux. A un moment, la flamme, jaillissant tout à coup du foyer, éclaira son visage; elle se recula vivement, mais son mari avait remarqué une larme suspendue au bord de sa paupière. Cette larme le toucha profondément. De douces paroles vinrent à ses lèvres, mais il se tut. Il disait lourdement ce que son cœur sentait avec délicatesse. Sa femme était froide et réservée, mais elle aimait la musique; il crut qu'il arriverait par ce moyen jusqu'à cette âme fermée.

Il prit son violon avec une émotion singulière. Son cœur battait avec force, une sorte de fièvre faisait trembler ses doigts. Il ressemblait à un joueur qui est sur le point de hasarder sur le tapis vert ses dernières ressources et qui s'arrête un instant avant de tenter le coup suprême.

Une voix lui disait : « Ce soir tu vas gagner ou perdre le cœur de ta femme. »

Troublé, hésitant, il restait immobile, l'archet en l'air, lorsque l'inspiration, s'emparant de son âme, vint l'arracher à la réalité.

Alors l'instrument expressif se mit à chanter avec une voix presque humaine; parfois ses éclats atteignaient aux notes les

plus élevées, puis, s'affaiblissant avec lenteur, finissaient par
s'éteindre dans un faible et tendre soupir.

Tout à coup un accompagnement du plus étrange effet vint
se mêler à la pénétrante mélodie.

C'était un rire argentin qui parcourait les gammes les plus
folles.

Le musicien enivré s'arrêta brusquement et regarda sa
femme avec un effarement douloureux.

« Excusez-moi, mon ami, dit-elle légèrement confuse, mais
en jouant vous avez une figure tellement comique que je
n'ai pu m'empêcher de rire. »

Et le rire continua.

Il sembla au pauvre Séraphin qu'un seau d'eau froide lui
était tombé sur la tête. Au même instant, la fièvre qui l'animait le quitta. Il s'assit en silence auprès de la cheminée, son
violon sur les genoux. La jeune femme, pour se donner une
contenance, prit un ouvrage de broderie. De temps à autre,
lorsqu'elle levait son regard sur son mari, elle laissait
échapper de petits rires étouffés, les plus gracieux du monde ;
la glace était rompue, mais pas du tout selon les vœux de
Séraphin. A la fin, ce rire l'exaspéra. Il prit son violon, le
mit en pièces, et en jeta les débris dans le feu. Puis, la tête
entre ses mains, il regarda brûler son fidèle compagnon en
murmurant :

« Encore un rêve de parti ! »

La jeune femme, effrayée par cet acte de violence, avait
quitté la chambre.

Il acheva seul cette première soirée de l'année, et jamais
il ne fit d'autre tentative pour arriver au cœur de sa femme.

Plus tard, lorsqu'un petit Bonnet trotta par la maison,
Séraphin goûta quelques heures de joie sans mélange, les
plus heureuses de sa vie. Sa figure burlesque avait le don
d'égayer le bébé.

Mais, lorsqu'il lui fallut faire l'éducation de son fils, le père s'aperçut avec chagrin qu'il n'avait aucune autorité morale sur lui.

Le grondait-il, croyait-il avoir une voix et un visage bien sévères :

« Ah! papa, tu veux rire! » disait l'enfant.

« Que faut-il faire, mon Dieu! pour que mon fils me prenne au sérieux? se demandait Séraphin avec angoisse. Changer de figure, ce n'est malheureusement pas possible! »

Le petit Bonnet grandit et devint un beau garçon qui ne ressemblait en rien à son père. Son intelligence était très développée et il donnait les plus belles espérances.

La guerre éclata. Le jeune Bonnet était en âge de se battre. A la première bataille à laquelle assista son régiment, il fut tué.

Le désespoir du père ne connut pas de bornes. Avec son fils s'en allaient toutes ses joies.

Son visage ne porta point les traces de cette épreuve; il resta aussi jovial que par le passé, et Séraphin eut la douleur d'entendre murmurer sur son passage :

« Dirait-on qu'il vient de perdre son fils unique? Voyez cette face réjouie! »

Quelque temps après cette perte cruelle, M. Bonnet rencontra un de ses anciens condisciples qui avait éprouvé un malheur semblable au sien.

« Ah! mon gros Tonneau, dit celui-ci en l'arrêtant, tu n'as point changé, toi! Ta figure est bien toujours celle d'un vrai sans-souci.

— Les chagrins ne m'ont pourtant pas manqué, dit Séraphin.

— Oui, je sais... mais je sais aussi que tu as le bonheur de prendre toute chose avec philosophie. Tu es un sage. Un pareil stoïcisme n'est point mon partage, hélas!

— Qui te dit que je sois stoïque? Crois-tu donc que mon cœur de père n'a pas été cruellement déchiré par la perte d'un fils unique qui me donnait les plus belles espérances?

— Oh ! mon cher ami, je n'avais pas une telle pensée ! Je voulais simplement dire que certaines natures sont seulement effleurées par la douleur. Quant à moi, comme tu peux le voir, elle m'atteint corps et âme. »

Le condisciple de Séraphin, long, maigre, les yeux creux, semblait en effet miné par la douleur. Il inspirait naturellement la pitié. On murmurait avec compassion sur son passage : « Voilà un homme qui vient d'éprouver quelque grand chagrin ! »

Cet entretien avait porté le comble à l'irritation longtemps contenue de M. Bonnet. Pendant plusieurs jours, on l'entendit parler tout seul. Lorsqu'il apercevait son visage dans la glace, il éprouvait une violente tentation de déchirer ce joyeux masque qui reflétait à l'envers les sentiments de son âme.

Il se plaignit à sa femme d'être malade ; celle-ci sourit d'un air incrédule en lui disant :

« Je voudrais ne pas être plus malade que vous, mon ami. Vraiment on vous achèterait la santé. »

Cependant, Séraphin se plaignant de plus en plus, elle fit venir un médecin, qui assura tout bas à Mme Bonnet que son mari était un malade imaginaire. On le soigna en conséquence. Mais M. Bonnet, se trouvant plus mal, exigea une garde-malade pour le veiller.

Vers le milieu de la nuit, il la réveilla.

« Ma bonne dame, dit-il en s'asseyant sur son lit, je veux avant de mourir vous confier mon dernier vœu, que vous transmettrez à ma femme.

— Allons ! allons ! mon gros père, répliqua familièrement la garde, nous n'en sommes pas là, Dieu merci ! Recouchez-vous tranquillement et dormez, » — « et laissez-moi dormir ! » pensa-t-elle.

Mais, Séraphin fixant sur elle ses yeux ronds extrêmement dilatés :

« Je demande qu'on n'inscrive pas sur ma tombe : — Ici repose un homme qui n'a jamais souffert.

— Ah! pour cela, mon gros père, je crois que vous n'avez pas souffert beaucoup, ou votre figure serait bien trompeuse!

— C'est vrai, reprit Séraphin avec amertume, je ne suis qu'une boule de graisse qui ne doit rien sentir! Mais vous ne savez donc pas, vieille sorcière, qu'une âme est logée là dedans! »

Et il se frappait le front avec exaltation.

« Voyons, soyez donc raisonnable; recouchez-vous! »

Elle lutta quelques instants avec lui pour le forcer à se recoucher, puis tout à coup il devint raisonnable.

L'âme si mal logée de Séraphin Bonnet était à jamais délivrée de son enveloppe comique.

En feuilletant un agenda de son mari, Mᵐᵉ Bonnet trouva les réflexions suivantes, écrites de la main de Séraphin, et qui la rendirent pensive :

« Quel dommage qu'on ne puisse changer de corps comme on change d'habit quand cet habit vous déplaît!

« Toutes les âmes devraient être en harmonie avec leur corps. Mais non, il y en a vraiment qui seraient trop déshéritées! Certaines enveloppes séduisantes font passer sur le contenu, et la beauté de l'âme fait parfois passer sur la laideur de l'enveloppe. Seulement il faut se donner la peine de lever le masque. »

LA QUESTION DE CLAIRE

I

UN HEUREUX PÈRE

Se préparait-il des noces de Gamache à la *rente* de la Belle-Épine? On n'entendait que cris de détresse de poulets égorgés, on ne voyait que servantes plumant les volailles et pétrissant la pâte. On apportait les œufs par corbeilles. La gueule rouge du four s'ouvrait pour recevoir les flans aux mirabelles et aux reines-claudes, grands comme des tables. On sortait aussi le vin de derrière les fagots, un petit vin qui ne faisait pas sauter les bouchons avec fracas, mais mettait les têtes à l'envers le plus traîtreusement du monde.

On était sur les dents à la *rente*, mais les figures des maîtres et des serviteurs respiraient la joie et l'orgueil. Sans aucun doute la fille aînée du fermier, la belle Claudine, allait faire un mariage inespéré, épouser *un monsieur*, et qui sait? un château, un titre peut-être.

Mais non; le sujet de cette joie était beaucoup plus modeste, plus simple, plus naturel; la fermière, Mme Quincerot, venait de donner le jour à un garçon après avoir eu cinq filles, et tous ces préparatifs se faisaient en vue de célébrer avec éclat le baptême d'un enfant qui allait perpétuer une race de Bourguignons solides comme des chênes, et francs comme l'or.

On pensait qu'on parlerait longtemps dans le pays du baptême du fils à Quincerot.

Lui, l'enfant qui causait tant de joie, n'était pas de belle venue, mais ce n'était pas étonnant : la fermière n'était plus toute jeune, et elle avait nourri ses cinq filles, qui étaient d'âges assez rapprochés. C'était une femme épuisée.

Le jour du baptême, les cloches du village d'où dépendait la rente carillonnèrent gaiement, et le poupon eut un long cortège de fraîches Bourguignonnes et de Bourguignons bien plantés.

Au retour de l'église, on se mit à table et l'on attaqua vivement les appétissantes fricassées de poulets et les énormes flans dorés, et lorsque le petit vin dont il a été parlé plus haut eut circulé, des conversations animées s'engagèrent entre voisins, et même d'un bout de la table à l'autre.

Mais la voix de l'heureux père dominait toutes les autres.

« Çà, mes enfants, criait-il, que je suis donc content d'avoir un fils ! Sûrement j'aime mes filles, mais à la cinquième, faut pas te chagriner, Clairon, je n'étais pas de bonne humeur, et je me disais : — Faudra-t-il donc que le nom de Quincerot tombe en quenouille, et que je n'aie point de garçons pour me remplacer quand je serai vieux, et diriger la rente après ma mort ? C'était un chagrin pour moi, je vous en réponds, de penser que la Belle-Épine irait à des étrangers. Non, un garçon vaut bien dix filles. Ce que j'en dis n'est pas pour vous faire de la peine, mes chères filles ; vous savez bien que je vous aime. Mais une fille ne peut faire l'ouvrage d'un garçon, et puis les femmes n'ont pas non plus d'aussi bonnes têtes que nous autres hommes pour diriger et entreprendre ; ces pauvres femmes, elles la perdent vite, la tête. Pour un poulet qui manque au poulailler, elles mettraient toute une ferme en l'air, et elles en débitent des paroles ! Il ne faut pas prendre cela pour toi, ma chère femme, et t'en chagriner.

— Oh ! je ne m'en chagrine pas du tout, » répondit tran-

quillement Mme Quincerot, qui était assise à la droite de son
mari, et l'écoutait d'un air placide, mais elle ajouta tout bas :

« Seulement, je ne voudrais pas que ces petites fussent
jalouses de leur frère, il vaudrait mieux ne pas tant faire
cas des garçons devant elles.

— Bah! bah! laisse donc, je suis trop content pour me
taire. Allons, mes amis, buvons encore à la santé de mon
petit Germain. Qu'il soit honnête et robuste comme tous les
Quincerot; je n'en demande pas davantage. »

Et avec un visage rayonnant, le fermier toucha successivement de son verre tous les verres qui se tendaient vers lui.

« Dans quinze ans, reprit-il, si Germain est aussi fort que
je l'étais, il me remplacera bien un bon valet de ferme. Il ne
faut pas t'inquiéter, Simon; à cette époque, tu auras peut-être
une ferme à ton compte.

— Je ne m'inquiète pas du tout, maître, répondit en souriant Simon, le valet de ferme. Le petit a le temps de pousser
d'ici là, et moi de chercher une autre place.

— Il va pousser ferme, je vous le promets, continua le
fermier, que la joie et le petit vin de derrière les fagots exal-
taient de plus en plus. Ce sera un rude gaillard, allez! Il se
lèvera dès l'aube, et se couchera le dernier. Je le vois à la
charrue, il conduit joliment bien les bœufs. Quels sillons, mes
amis, quels sillons! Pour engranger, il n'aura pas son pareil,
et le fléau ne pèsera rien dans sa main; tout comme j'étais,
je vous le dis. On le verra partout, aux champs et aux étables.
Gare aux fainéants, gare! »

Tous les convives éclatèrent de rire à cette menace, et le
fermier rit comme les autres.

Dans la pièce voisine, le marmot qui devait faire si
grand'peur aux fainéants criait dans son berceau avec une
petite voix d'enfant souffreteux. Le bruit des convives couvrait
ce faible vagissement; la mère l'entendit pourtant, et elle
quitta la table pour aller consoler son fils.

Bientôt les hommes restèrent seuls attablés, et la jeunesse s'en alla danser dans une grange aux sons du violon.

Des cinq filles du fermier, une seule n'éprouvait aucun dépit de la naissance de son frère, c'était Clairon, la plus jeune, une enfant d'une dizaine d'années. Quant à la belle Claudine, en âge d'être mariée et jusque-là reine de la maison, elle avait fort mal accueilli le marmot, et la joie du père, ses propos inconsidérés n'étaient pas faits pour diminuer sa jalousie, ni celle de ses sœurs, Agathe, Tiennette et Justine.

« Vous verrez que ce marmot, disait Claudine avec humeur, nous fera la loi avant de savoir marcher. »

Tandis que les sons du violon s'envolaient à travers les ombres de la nuit, que les danseurs tournoyaient dans la grange, que les hommes buvaient encore autour de la table, la fermière au visage fatigué, flétri par les épreuves de la maternité et les tracas domestiques, essayait en vain d'endormir son fils, en le promenant sur ses bras par toute la chambre. Vingt fois, le croyant endormi, elle l'avait reposé dans son berceau, et chaque fois l'enfant s'était remis à crier, et elle avait été obligée de le reprendre. Des larmes de fatigue tombaient des yeux de la mère, et ses bras lassés avaient peine à soutenir le précieux poupon. Depuis sa naissance, qui datait de trois semaines, il lui faisait passer la moitié des nuits sur pied.

Comme elle recommençait son éternelle promenade, la porte de la chambre s'ouvrit doucement, Clairon parut, et elle s'élança vivement vers sa mère en lui disant :

« Il ne dort pas encore, le vilain ? Oh ! comme tu es fatiguée, mère ! Tu vas te coucher, et c'est moi qui l'endormirai. »

Et comme la mère protestait malgré sa fatigue :

« Je saurai bien le tenir, tu vas voir, » reprit Clairon.

Elle s'empara de Germain, et, avec toute la science, toutes les attentions d'une mère, se mit à le promener par la chambre en chantonnant pour l'endormir. Avec son air de petite maman, elle était à la fois comique et touchante.

Soit que la chanson de la petite fille eût une vertu particu-
lièrement soporifique, soit que le sommeil eût naturellement
vaincu l'enfant, las de crier, il s'endormit bientôt sur les
bras de sa sœur, qui le déposa dans son berceau avec d'infinies
précautions ; une mère ne s'y serait pas prise plus adroitement, et c'est ce que pensait Mme Quincerot en regardant sa
fille. Cette fois le marmot ne s'éveilla point.

Clairon, après l'avoir contemplé quelque temps avec une vive
satisfaction, s'en alla sur la pointe des pieds embrasser sa mère
qui s'était couchée, et elle lui dit tout bas très sérieusement :

« Je t'aiderai à élever mon petit frère ; comme cela, tu seras
moins fatiguée. »

Pendant qu'elle offrait ainsi ses jeunes bras, la belle Claudine, la fille aînée, à qui semblait revenir de droit le devoir
de soulager sa mère épuisée, dansait sans songer le moins du
monde qu'elle pût être fatiguée.

Tous les conviés s'en allèrent tard dans la nuit. Après
avoir bien mangé, bien bu, bien dansé, à la Belle-Épine,
quand ils furent à quelque distance de la rente, ils commencèrent à critiquer le fermier ; et chacun dit son mot sur la
fête. « Personne dans le pays n'avait jamais donné un pareil
festin pour un baptême. En faisait-il du tapage, le père Quincerot, pour un garçon qui n'avait que le souffle ! On voyait
bien que ses filles enrageaient, tout en voulant paraître con-
tentes. Quincerot n'avait vraiment pas besoin de faire tant
d'embarras, car on savait que ses récoltes n'avaient pas été
bien magnifiques. D'ailleurs la rente n'était pas si importante ! Mais tout le monde veut paraître riche. Pour sûr la mère
Quincerot, qui connaissait le prix des choses, et était pas mal
regardante, avait eu regret de voir manger tant de poulets,
et dépenser tant de beurre, d'œufs et de crème, qui se seraient si bien vendus sur le marché de Dijon ; pour sûr aussi
elle allait maintenant faire faire maigre chère aux gens de
la Belle-Épine, pour rattraper son argent. »

De tous ces propos que fallait-il croire? Que le père Quincerot était un glorieux? Oui. Que la mère Quincerot était une
avare? Non. Elle était prudente et économe. Que la Belle-Épine
était une petite exploitation? Ni petite, ni grande; elle était
de moyenne importance. Quelques belles pièces de terre en-
touraient la rente, qui tirait son nom d'une aubépine magnifique, isolée au milieu d'un champ. Au printemps, cette épine
était admirable, toute couverte de fleurs blanches. En été, son
feuillage tranchait sur les blés dorés, et au temps des moissons, à l'heure chaude de midi, les moissonneurs venaient se
reposer à son ombre. Sur le flanc sans ombrage de la mon-
tagne, elle formait une petite oasis. La Belle-Épine était une
des curiosités du pays, et tous les Quincerot, de père en fils,
l'avaient respectée.

Dès le lendemain de la fête, le fermier reprit ses travaux,
et la fermière et ses filles s'occupèrent à tout remettre en
ordre, car on ne reçoit pas tant de monde sans bouleverser
une maison.

Clairon avait pris sa promesse au sérieux, et elle aida
vraiment sa mère à élever le petit Germain. Un des premiers
sourires de l'enfant fut pour elle; elle savait l'amuser,
l'apaiser, et le marmot lui tendait les bras aussi volontiers
qu'à la fermière, surtout quand il fut sevré. De bonne heure,
on vit que l'enfant aurait de l'intelligence. Il avait de beaux
yeux très expressifs; mais il restait chétif, et il ne se dépêchait
pas de marcher.

« Marchera-t-il bientôt? demandait toujours Clairon à sa
mère, car il lui tardait d'emmener son petit frère se promener avec elle autour de la rente.

« Sera-t-il gentil, quand il marchera! » disait-elle encore
avec ravissement.

II

QUINZE ANS APRÈS

Dans la grande cuisine de la Belle-Épine, Mme Quincerot vient de déposer la soupière sur la table, et elle commence à remplir les assiettes. Le fermier entre, il a bien vieilli et il a l'air soucieux, les domestiques le suivent. Simon est toujours là. Devant la cheminée, Clairon surveille le fricot; des cinq filles du père Quincerot, il ne reste plus qu'elle à la ferme. La belle Claudine a épousé un garçon du pays, qui s'est établi à Paris; on dit qu'il fait bien ses affaires dans le commerce. Claudine est revenue une seule fois à la rente, depuis son mariage; elle était mise comme une dame, et au lieu du patois bourguignon, elle parlait le jargon parisien. Et pourtant une coiffe blanche aurait mieux convenu qu'un chapeau à sa robuste beauté campagnarde.

Agathe, Tiennette et Justine, sans être aussi belles que leur aînée, avaient toutes les trois des figures agréables, de bonnes santés; elles n'ont pas été non plus d'un *placement* trop difficile. Agathe a épousé le boucher d'un village voisin, Tiennette un petit cultivateur, et Justine un cabaretier.

Clairon, qu'on appelle plus souvent Claire depuis qu'elle est grande, est aussi douée d'une figure fort agréable et d'une admirable santé. Elle n'est pas grande, pas grosse, mais forte, énergique, et d'une activité extraordinaire. Elle est la première levée de la rente, et aussi la dernière couchée.

« Que deviendrais-je sans ma fille? » pense souvent Mme Quincerot.

Et le garçon? où est-il, ce fameux garçon, qui devait, à l'âge de quinze ans, déjà remplacer un bon valet de ferme?

Il a dû bien changer depuis le jour de son baptême, et assurément il serait impossible de le reconnaître aujourd'hui. Dans
son grand courage au travail, il s'attarde sans doute aux
champs, et oublie l'heure du souper.

Assis près d'une fenêtre, un jeune garçon semble fort
absorbé par la lecture d'un livre. Il a une figure intelligente,
de beaux yeux expressifs, mais un corps rachitique; il ne peut
bouger de sa chaise, à peine se sert-il de ses mains; il est tout
à fait infirme.

Quand la fermière a fini de distribuer la soupe, Clairon
vient vers lui, prend doucement son livre, et le ferme, en disant :
« Nous allons souper, Germain. »

Et avec l'aide du fermier elle transporte son frère à table.

Oui, c'est là le garçon qui devait valoir dix filles, se lever
dès l'aube et se coucher le dernier ! C'est là le garçon à qui le
fléau ne devait rien peser dans la main ! Misère de la vie !

Après quinze années, le père ne peut encore regarder son
fils infirme sans un mouvement de sourde révolte.

Au contraire, plus il se sent vieillir, plus il roule dans sa
tête l'amère pensée que son fils aurait pu le seconder, le remplacer, et moins il se résigne à la rude épreuve envoyée par
Dieu. Ce fils infirme humilie le vigoureux fermier; il ne le
brutalise pas, mais il ne peut prendre sur lui de lui témoigner
de la tendresse.

Quant à Mme Quincerot, qui est une vraie mère, elle a pour
son fils un amour plus tendre que pour ses superbes filles,
qui ont eu moins besoin d'elle que Germain. Pourtant elle ne
sait pas l'aimer encore. Avec les meilleures intentions du monde
elle lui rappelle sans cesse son infirmité, en s'apitoyant trop
sur son sort devant lui. Quand il vient quelqu'un à la rente,
elle ne manque pas de dire : « Venez voir mon pauvre infirme;
cela le distraira. C'est assez malheureux à son âge d'être cloué
à la maison, et privé de tous les plaisirs. »

Il n'est pas besoin d'éveiller les regrets de Germain. Il

pense avec assez d'amertume aux garçons de son âge, qui ont de bonnes jambes et de bons bras. Enfant, il a envié leurs jeux; jeune garçon, il envie leurs travaux. Il souffre de se sentir inutile, car il voit bien que son père vieillit, que sa mère est usée, et que sa sœur, pour la suppléer, travaille comme deux.

Il n'y a qu'une personne qui sache adoucir les regrets du jeune infirme, c'est sa sœur, à laquelle il doit beaucoup. Germain est très intelligent, il aime l'étude et, grâce au dévouement de Claire, il a pu recevoir les bienfaits de l'instruction. Pendant six années, elle a conduit tous les jours son frère à l'école du village, dans un petit chariot, et cela sans jamais pousser une plainte, malgré les difficultés d'un chemin malaisé à descendre, et plus rude encore à monter.

Pourquoi ne voit-on jamais à Claire Quincerot de ces colifichets qui plaisent tant aux jeunes filles? Parce qu'elle économise sur sa toilette pour fournir des livres au pauvre infirme.

Cet enfant, dont la vie n'offre aucune péripétie, et se consume lentement dans l'inaction, qui passe ses jours cloué sur une chaise, en été près de la fenêtre de la grande cuisine, en hiver au coin de la cheminée, aime par-dessus tout les récits de voyages lointains. C'est avec une attention passionnée qu'il suit sur une carte la route parcourue par de hardis voyageurs. Ces mers qui lui sont inconnues, et sur lesquelles, malgré leur immensité, les navires suivent une route toute tracée, ont pour lui un mystérieux attrait. Que de pensées, que de désirs, que de rêves s'agitent dans la tête du pauvre infirme, condamné pour toujours à l'horizon borné du verger de la Belle-Épine !

Pourtant il s'estimerait encore heureux, s'il pouvait être seulement un simple maître d'école.

« Que j'aimerais à instruire les enfants ! dit-il souvent à Claire. Je saurais bien, va, je le sens. »

C'est un bien modeste emploi que celui de maître d'école, mais encore faut-il être valide pour pouvoir le remplir.

« Tu sais ce que je t'ai promis, lui répond Claire. Quand je serai mariée, et que j'aurai des enfants, eh bien ! c'est toi qui les instruiras. Oh ! je sais bien que tu es savant ! Notre instituteur, M. Renaud, m'a dit bien des fois : « Je n'ai plus rien à apprendre à Germain ; c'est lui qui m'en remontrerait maintenant. » Tu seras bien content, dis, d'instruire tes neveux ? »

Germain sourit, puis il soupire.

« Tu seras loin peut-être quand tu seras mariée.

— Pas loin, sois tranquille. »

Clairon a un air d'étonnante assurance, comme si les filles à marier pouvaient dire : « J'irai ici, ou là. »

Ce soir-là, pendant le souper, comme le chef de la famille avait l'air préoccupé, on ne parla guère. Quand la table fut desservie et les domestiques partis, le fermier leva les yeux sur sa femme et sur ses enfants, et il dit :

« J'ai du nouveau à vous apprendre, du bon et du mauvais ; le mauvais, c'est que Simon nous quitte ; ce garçon a été quinze ans à notre service, il prenait à cœur nos intérêts ; je le regrette d'autant plus que je me fais vieux, et que je pouvais me reposer sur lui ; mais il est tout naturel qu'il veuille travailler maintenant pour son propre compte. Il va prendre en fermage, pour commencer, la petite rente de la Colombière. Je lui ai dit : « A présent, mon garçon, tu ne peux pas faire autrement que de te marier, » et il m'a répondu, en devenant rouge comme la crête d'un coq : « Ce n'est pas pressé, maître. » Je parie qu'il n'osera jamais demander une jeune fille en mariage ; ce n'est pas pour rien qu'on l'appelle dans le pays Simon le Timide. N'importe, gauche comme il est, il faisait mon affaire, et j'ai bien de l'ennui de le voir partir. Je ne retrouverai pas son pareil. L'autre nouvelle est meilleure. On m'a demandé ta main, Clairon ; devine qui ? »

Clairon répondit avec franchise :

« C'est l'instituteur. »

Elle s'était bien aperçue qu'elle lui plaisait.

« Ce n'est pas un riche parti, reprit le fermier, il ne possède point de terres, mais il est régulièrement appointé.

— Il a de l'ordre, de la conduite, se hâta d'ajouter la mère. Et puis, s'il te plaît, Clairon, c'est beaucoup.

— Il ne me déplaît pas. Je réfléchirai. »

III

UNE TERRIBLE QUESTION

Le lendemain, Clairon se leva de bon matin et dit à sa mère :

« Je vais descendre au village ; j'ai besoin d'y faire quelques emplettes. Je serai bientôt de retour. »

Elle partit. Elle songeait en chemin à la demande que son père lui avait transmise la veille.

« Plus tard, se disait-elle, Germain pourrait venir avec nous ; il aiderait son beau-frère à faire la classe, et il serait bien heureux, le pauvre enfant ! Il faut absolument que je parle à l'instituteur avant de donner une réponse à mon père, il faut que je lui pose une question. S'il dit oui de bon cœur, et je le sentirai bien, je l'épouserai, c'est sûr. »

La maison d'école, neuve et bien aménagée, était une des plus agréables du village. Un beau jardin de rapport s'étendait derrière, et l'instituteur y cultivait avec succès des choux et des salades.

La rivière coulait au bout du jardin, c'était bien commode pour les arrosages.

Au lieu de passer devant l'école, Clairon fit un détour, et suivit la rivière sur la rive opposée au jardin de l'instituteur. On pouvait facilement se parler d'un bord à l'autre.

Avant l'entrée en classe des enfants, M. Renaud jardinait.

Quand il aperçut la jeune fille, son visage s'illumina.

« Votre père vous a-t-il parlé, mademoiselle Claire ?

— Oui, répondit-elle nettement. Mais, avant de se décider, on a quelquefois besoin de causer ensemble. J'ai pensé à une chose, monsieur Renaud; si mes parents venaient tout à coup à manquer à Germain, que deviendrait le pauvre infirme ? Il est un peu comme mon enfant, et je sais qu'il ne se plairait qu'avec moi. Dites-moi franchement, monsieur Renaud, si dans ce cas vous prendriez mon frère avec plaisir. »

Une ombre, que remarqua fort bien la jeune fille, passa sur le visage de l'instituteur. Pourtant, il se confondit en belles phrases sonores et en protestations, disant que tout le pays admirait le dévouement fraternel de Mlle Claire, et qu'il était étonné qu'on n'eût pas encore proposé la jeune fille pour un prix Montyon.

Que manquait-il à ces belles phrases? Peu de chose et beaucoup : l'accent sincère, venu du cœur, et un oui tout sec, dit ainsi, eussent satisfait davantage la jeune fille.

En remontant vers la rente, elle se disait : « Non, ce n'est pas cela, et Germain ne serait pas heureux. N'y pensons plus. »

Et quelques jours après, elle dit à son père :

« J'ai réfléchi : je suis trop habituée au mouvement de la ferme pour me plaire dans une école. Je n'épouserai pas l'instituteur. »

Ses parents eurent beau combattre cette résolution, qui les contrariait, elle fut inébranlable.

Quelques mois après, une autre demande arriva.

Le prétendant était un garçon du pays, qui venait de s'établir épicier à Dijon. Il était actif, entreprenant, né pour le commerce; enfin, c'était un garçon à faire fortune rapidement. L'affection de Philippe Leroy pour Claire datait de loin, car ils avaient été à l'école ensemble, et ils se tutoyaient.

En transmettant la demande de Philippe à sa fille, le père Quincerot lui dit :

« Ce n'est pas encore ton affaire, puisque tu ne peux te
passer du mouvement de la ferme; mais je crois que tu feras
bien d'y moins tenir, si tu tiens aussi à te marier. Philippe
est un joli parti pour toi, et, à mon avis, tu ferais une fière
sottise en le refusant. Je pense que tu n'as pas besoin de
grande réflexion pour me répondre oui.

— Vous me donnerez pourtant bien quelques jours pour
réfléchir, » répondit Claire.

Et en elle-même elle se disait :

« Comment vais-je faire pour poser ma question à Philippe?
et il faut pourtant absolument que je la lui pose, avant de me
décider. »

Deux ou trois jours après, sous prétexte d'achats à faire à
Dijon, elle partit un matin avec un coquetier des environs qui
portait des denrées au marché.

Elle n'eut pas de peine à trouver la boutique de son prétendant. Elle était d'apparence fort modeste; ce n'était pas
une de ces épiceries luxueuses qui étalent à leurs vitrines des
comestibles de choix; on n'y vendait encore que les denrées
de première nécessité dans un ménage, et le quartier où le
jeune homme s'était installé ne demandait pas autre chose.

Lorsque Claire entra dans l'épicerie, Philippe était occupé
à servir une dame.

« Tiens, Clairon ! s'écria-t-il très étonné, en apercevant la
jeune fille. Comment es-tu ici ?

— Sers donc madame, nous causerons après. »

Claire s'assit tranquillement, et regarda autour d'elle. Tout
était propre, et bien rangé dans la petite boutique.

Quand l'acheteuse fut partie, Philippe alla tout joyeux vers
la jeune fille, et lui prenant les deux mains :

« Que je suis content de te voir, ma gentille Clairon ! Voyons,
est-ce que tu viens m'apporter toi-même une bonne réponse,
ou bien, avant de te décider, as-tu voulu voir par toi-même si
le logis te convenait ?

— Nous autres campagnardes, nous ne faisons pas autant de cérémonie que les demoiselles ; pourtant, bonne ou mauvaise, je ne t'apporterais pas moi-même la réponse : c'est le père qui te la donnera. Je suis venue parce qu'il faut que je cause un peu avec toi. »

Philippe se troubla légèrement ; il craignait que la jeune fille ne voulût tirer au clair certaines peccadilles de sa jeunesse, mais il se rassura vite.

« Tu sais comme Germain est infirme, commença-t-elle.

— Oui, le pauvre enfant, c'est assez malheureux pour vous tous, assez triste pour lui.

— Mes parents sont déjà âgés, ma mère est fatiguée, usée, et le père est bien lourd depuis quelque temps. S'ils venaient à manquer tous deux à Germain, que deviendrait le pauvre malheureux ? J'y pense souvent. Je sais qu'il ne serait bien qu'avec moi. Dis-moi franchement, Philippe, si tu le prendrais avec plaisir. »

A cette terrible question, l'ombre déjà remarquée chez l'instituteur s'étendit sur le visage ouvert du jeune homme, et sa bouche eut un pli de contrariété.

Cependant il répondit :

« Avec plaisir, certainement... si c'était possible. Mais, restant tous deux au magasin, du matin au soir, nous ne pourrions guère nous occuper de l'infirme. Il s'ennuierait.

— Que non ! Nous le mettrions dans le magasin, là, près de nous, il s'amuserait à voir aller et venir le monde ; et puis, avec des livres, Germain ne s'ennuie jamais.

— Je ne dis pas, je ne dis pas ; mais tu ne sais pas qu'à Dijon ce n'est pas comme à la campagne : la place est plus restreinte, et les loyers sont chers. Mais je pense à une chose, nous pourrions faire admettre Germain dans un hôpital, payer même quelque chose pour lui. Nous irions le voir... »

Elle se leva, et dit vivement :

« Nous n'en sommes pas là, Philippe ! Adieu !

— Je t'ai fâchée, fit-il en la retenant par la main. Si tu veux avoir ton frère avec toi, tu l'auras, je te le promets... Eh bien ! tu n'es pas encore contente, et tu ne vas pas me donner une bonne réponse, ma gentille petite Claire? »

Mais la gentille petite Claire, qui ne se laissait pas facilement enjôler, répliqua froidement :

« La réponse, je te l'ai déjà dit, c'est le père qui te la donnera. »

Il voulut la retenir encore pour lui exposer tout au long ses plans d'avenir. Il avait préféré commencer petitement, ne pas emprunter de capitaux. Plus tard, quand il aurait amassé quelque chose, il s'établirait plus grandement, dans un plus beau quartier, et il était sûr, avec son entente du commerce, d'avoir fait fortune dans vingt ans. Alors il se retirerait à la campagne, et aurait un cabriolet avec un bon petit cheval pour venir à Dijon toutes les fois que cela lui ferait plaisir.

Malgré cette séduisante perspective, il ne put arracher une promesse à Clairon.

Le cœur un peu gros, la jeune fille reprit la route de la Belle-Épine. « J'en demande trop à des étrangers, se dit-elle. Eh bien ! je ne me marierai pas, voilà tout. » Claire avait espéré rencontrer en chemin une voiture qui la mènerait près de chez elle. Mais elle s'en alla jusqu'à la rente de la Colombière, à mi-chemin de la Belle-Épine, sans avoir rien trouvé.

Comme elle passait devant le porche de la Colombière, elle aperçut dans la cour Simon leur ancien valet de ferme, monté sur une haute voiture de foin, et occupé à le rentrer dans le fenil.

« Eh ! bonjour, Simon, » cria-t-elle.

Il tourna la tête, et, en apercevant la jeune fille, il rougit de saisissement et de contentement sans doute.

Il descendit précipitamment de la voiture et il courut à elle.

« Bonjour, mamzelle Claire, comment êtes-vous par ici? C'est bien du plaisir de vous voir chez nous; entrez donc vous rafraîchir. »

Tout cela était dit avec un air d'embarras.

« Merci, mon bon Simon, il faut que je rentre à la Belle-Épine. Je suis déjà en retard. Je viens de Dijon, et je pensais rencontrer en route une voiture qui me mènerait chez nous plus vite que mes jambes.

— Je vais atteler la Blanche à la carriole ; ce ne sera pas long, allez, et je vais vous reconduire, » dit-il vivement.

Claire ayant accepté son offre, car elle était lasse, il eut promptement attelé la Blanche, et ils partirent.

Chemin faisant, la jeune fille lui dit :

« On vous voit rarement à la Belle-Épine, Simon ; vous nous oubliez. Le père pense toujours à vous, et il dit souvent : « Jamais je ne remplacerai Simon. » Et c'est vrai.

— Vous êtes bien bonne, mamzelle Claire, répondit Simon, qui paraissait extraordinairement touché de ce témoignage et en rougissait jusqu'aux oreilles.

— Êtes-vous content à la Colombière, et ne vous repentez-vous point de l'avoir affermée ? On disait dans le temps que ce n'était pas une bonne rente.

— Ce n'était pas la rente qui était mauvaise, mamzelle Claire, c'étaient les fermiers.

— Peut-être bien.

— Ils n'y entendaient rien de rien, je vous assure. Ce n'est pas moi qui dirai que c'est une mauvaise rente, car elle a été bonne pour moi ; il est vrai que je m'y suis donné du mal. Elle n'a qu'un défaut, c'est d'être un peu petite, et je vous dirai, mais là tout en secret, que si je trouvais dans quelque temps, et dans les environs, une ferme plus importante, je l'affermerais.

— Vous avez de l'ambition, Simon ?

— Un brin, oui, mamzelle Claire ; mais il n'y a pas de mal, quand on est jeune, à vouloir mettre honnêtement quelque chose de côté pour la vieillesse.

— Voici que nous arrivons, dit Claire. Vous m'avez rendu

bien service, Simon. J'étais lasse, et je serais encore sur les chemins à l'heure qu'il est. »

La voiture allait tourner sous la grande porte charretière de la Belle-Épine.

« Dites donc, mamzelle Claire, murmura Simon avec timidité, on dit dans le pays que vous allez vous marier avec Philippe Leroy; est-ce vrai?

— Ni avec lui ni avec un autre, répondit brusquement la jeune fille en sautant à terre dans la cour de la Belle-Épine. Bonsoir, Simon, et merci. Entrez donc dans la cuisine; le père sera joliment content de vous voir. »

IV

OU SIMON LE TIMIDE PARLE BIEN

On était en train de couper les blés autour de la Belle-Épine, et Clairon se multipliait pour préparer les repas aux moissonneurs.

Le soleil de juillet embrasait la terre, et les travailleurs, courbés sur les blés, devaient cruellement souffrir.

A midi, la jeune fille leur avait porté leur repas, qu'ils avaient pris à l'ombre de la Belle-Épine. Le père Quincerot moissonnait comme les autres, avec plus d'ardeur encore, puisqu'il travaillait pour son propre compte; et il avait d'autant plus de cœur au travail que ses récoltes étaient magnifiques cette année-là; tous les moissonneurs tombaient d'accord que c'étaient les plus belles de la contrée. Aussi le fermier était-il dans la jubilation. Le contentement lui avait fait retrouver son ancienne vigueur, et dans la matinée il avait abattu de l'ouvrage comme deux.

Quand sa fille vint à midi, elle le trouva sous la ramure de la Belle-Épine, et promenant sur le plateau doré par les moissons mûres un regard de triomphe. Il avait rajeuni de dix ans. Il était superbe à voir ainsi, avec sa faucille brillante en main.

« Encore une récolte comme celle-ci, dit-il à sa fille, et j'ajouterai à la Belle-Épine une pièce de terre qui me fait envie depuis longtemps. Tous se plaignent de la chaleur, mais moi je n'y fais pas attention, je suis trop content. Vois-tu comme j'ai travaillé ce matin ?

— Tu te fatigues trop, père. Il faudra te bien reposer après ton repas. De tout l'été, il n'a pas fait aussi chaud qu'aujourd'hui. Il semble que le soleil vous verse du feu sur la tête, et quand on se baisse vers la terre, il en sort une chaleur qui vous brûle le visage.

— Nous ne sommes pas des gens de la ville, nous autres, nous ne craignons pas le soleil, n'est-ce pas, Michel? »

Il s'adressait au plus vieux moissonneur de la bande, fait de longue date au soleil de juillet.

« On sent moins la chaleur quand on travaille pour soi, fit-il. C'est une rude journée ! »

Claire avait servi leur repas aux moissonneurs, puis elle avait repris le chemin de la rente. En rentrant, elle alla s'asseoir près de Germain, qui regardait avec ennui le verger ombreux, et pensait avec envie à ceux qui moissonnaient là-bas sous le soleil ardent.

Claire essaya de le distraire de ses pensées; déjà il souriait en l'écoutant, lorsqu'un pas résonna sur la porte. C'était Michel, le vieux moissonneur, et, avant qu'il eût parlé, la jeune fille eut le pressentiment qu'il apportait une mauvaise nouvelle.

« Claire, dit-il, il est arrivé un malheur. Oui, ma pauvre fille, il faut prendre courage, ton père a été frappé d'un coup de sang, pendant qu'il était en train de moissonner. Nous l'avons porté sous la Belle-Épine, mais il n'y avait déjà plus rien à faire. Je n'ai pas voulu qu'on vous rapportât son corps sans que vous soyez tous prévenus. C'est un malheur, oui, un grand malheur, ma pauvre Clairon ! »

Elle l'écoutait comme pétrifiée ; elle pouvait à peine croire à la réalité de ce récit, elle qui avait vu son père si plein de vie, il y avait moins d'une heure. Germain pleurait.

Le vieux Michel toucha le bras de la jeune fille.

« Clairon, il faut prévenir ta mère ; le corps arrive. »

Elle se raidit contre la douleur, et courut préparer sa mère à ce coup terrible. Il était temps. Le corps du fermier, couché sur une gerbe, et entouré de tous les moissonneurs consternés, allait entrer dans la cour de la Belle-Épine.

En apprenant que son mari était mort, la fermière, malgré tous les ménagements de sa fille, éprouva un rude choc, mais dans ses exclamations l'intérêt se mêlait à l'affection.

« Ah ! c'était un digne homme, criait-elle, un fier travailleur ! Qu'allons-nous devenir ? Il nous faudra sans doute vendre la rente, car ce n'est pas Germain, le pauvre infirme, qui peut remplacer son père. »

Claire envoya des moissonneurs porter la triste nouvelle à ses sœurs Agathe, Tiennette et Justine, et quelques heures après, elles étaient à la rente. Claudine, prévenue par lettre, n'arriva qu'après l'enterrement du père.

A peine le fermier reposait-il dans la tombe que ses enfants agitèrent la question d'intérêt. Claire eut beau prétendre qu'elle dirigerait bien la ferme, et supplier qu'on ne la vendît pas, ses sœurs, poussées par leurs maris, exigèrent la vente de la Belle-Épine. Claudine était la plus âpre ; son mari ne faisait pas d'aussi brillantes affaires à Paris que ses toilettes à elle semblaient l'affirmer.

La Belle-Épine fut donc mise en vente, et elle devint la propriété d'un châtelain qui possédait déjà plusieurs fermes dans le pays. Il permit à Mme Quincerot de rester dans la rente tant qu'il ne l'aurait pas affermée.

« A quoi bon ? disait Claire. Plus nous tarderons à partir, et plus cela nous fera de chagrin. D'ailleurs le nouveau fer-

mier peut arriver d'un jour à l'autre, et il nous faudra vite
lui céder la place. »

Il arriva. C'était Simon, leur ancien valet de ferme.

Il avait bien dit à Claire qu'il voulait affermer une exploitation plus importante que la petite rente de la Colombière.

« Après tout, pensa Claire, j'aime mieux que ce soit lui
qu'un autre. »

Avant de partir, Clairon visita une dernière fois la Belle-
Épine dans tous ses détails, en compagnie de Simon. Plus
d'une fois, pendant cette visite, elle s'essuya les yeux avec
le coin de son tablier, ce qui fendait l'âme du nouveau
fermier.

Tout à coup, au fond d'une étable, où il ne faisait pas trop
clair, il arrêta Clairon et, d'une voix étranglée par sa timidité
native :

« Mamzelle Claire, j'ai quelque chose à vous dire, fit-il.

— Quoi donc, Simon ?

— Quelque chose que je voulais vous dire depuis longtemps... je n'osais pas. A cette heure, il faut que je parle;
tant pis si cela vous fâche ! Voilà ! je vous aime d'ancienne
affection, et si vous vouliez devenir ma femme;... je ne sais
pas comment tourner cela ; enfin, vous comprenez tout de
même que je serais bien content. Il va sans dire que votre
mère et Germain resteraient avec nous, et je jure ma parole
que je les aimerais comme ma propre mère et comme mon
propre frère. »

L'accent y était, cela venait droit du cœur.

« Simon, vous êtes un brave garçon, et je vous crois,
vous ! » s'écria Claire. Et elle laissa tomber sa main dans
celle de Simon le Timide, sans rien ajouter.

FIN

TABLE DES MATIÈRES

Imprimeries réunies, B, Puteaux

MOTTEROZ, Adm.-Direct. des Imprimeries réunies, B, Puteaux.

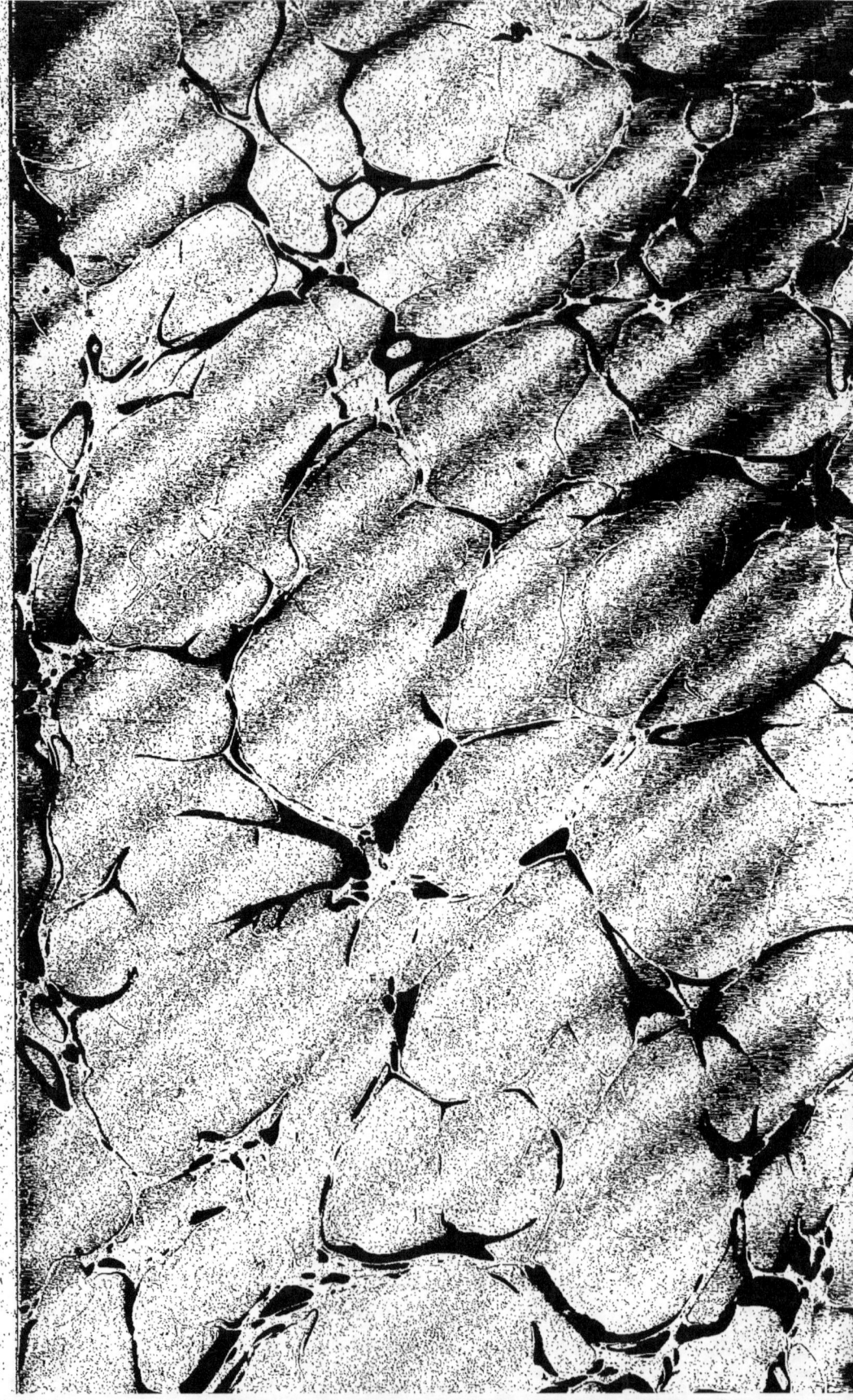

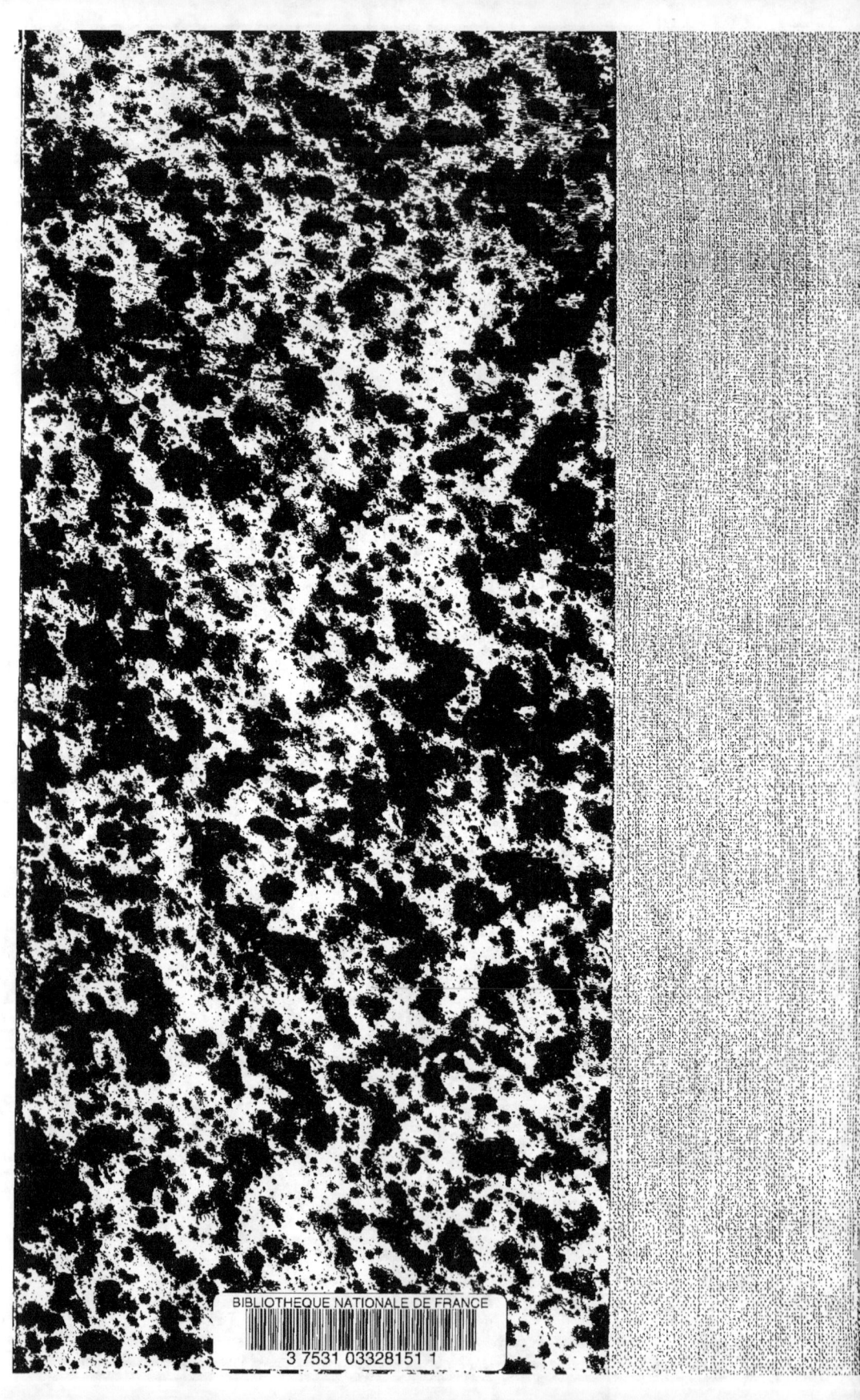

www.ingramcontent.com/pod-product-compliance
Lightning Source LLC
Chambersburg PA
CBHW051827020726
47502CB00005B/1670